团团圆圆

季明霞 著

新 星 出 版 社 NEW STAR PRESS

图书在版编目（CIP）数据

团团圆圆 / 季明霞著. -- 北京：新星出版社，2020.11
ISBN 978-7-5133-3323-8

Ⅰ.①团… Ⅱ.①季… Ⅲ.①科学幻想小说—中国—当代 Ⅳ.①I247.5

中国版本图书馆 CIP 数据核字（2018）第 273938 号

团团圆圆

季明霞 著

策　　划：	谢　斌　杨成春　朱　鹰
责任编辑：	汪　欣
特约编辑：	洪　与　姚小红　莫金莲　刘德华
责任印制：	李珊珊
装帧设计：	刘青文

出版发行：	新星出版社
出 版 人：	马汝军
社　　址：	北京市西城区车公庄大街丙 3 号楼　100044
网　　址：	www.newstarpress.com
电　　话：	010-88310888
传　　真：	010-65270449
法律顾问：	北京市岳成律师事务所
读者服务：	010-88310811　service@newstarpress.com
邮购地址：	北京市西城区车公庄大街丙 3 号楼　100044
印　　刷：	北京天恒嘉业印刷有限公司
开　　本：	890mm×1240mm　1/32
印　　张：	7.5
字　　数：	119 千字
版　　次：	2020 年 11 月第一版　2020 年 11 月第一次印刷
书　　号：	ISBN 978-7-5133-3323-8
定　　价：	35.00 元

版权专有，侵权必究；如有质量问题，请与印刷厂联系更换。

目 录

上卷 前 因

- 001 第一章节　初见
- 008 第二章节　熊猫大战狼群
- 014 第三章节　战后
- 020 第四章节　鞭笞群狼
- 031 第五章节　一年后
- 040 第六章节　团团遇险
- 048 第七章节　狐狸偷鸡
- 062 第八章节　山谷枪声

中卷　迁徙之路

- 068　第九章节　圆圆掉入猎人陷阱
- 076　第十章节　鞭子事件
- 083　第十一章节　和谐
- 088　第十二章节　杂技团里的猴爸爸
- 094　第十三章节　解救猴爸爸
- 106　第十四章节　解救小松
- 119　第十五章节　为救圆圆团团被抓
- 131　第十六章节　大营救之一
- 139　第十七章节　大营救之二
- 146　第十八章节　大营救之三

下卷　盼团圆

- 154　第十九章节　狗熊和熊猫妈妈遇险
- 160　第二十章节　圆圆被青鼬所伤
- 166　第二十一章节　母青鼬的报复
- 174　第二十二章节　成长
- 183　第二十三章节　小猴的烦恼
- 188　第二十四章节　母豹拉姆
- 197　第二十五章节　穿越山洞
- 209　第二十六章节　过草地
- 220　第二十七章节　大团圆

上卷　前　因

有亲人的地方才叫家乡。虽在远方，却是保留在内心深处最暖的净土。

第一章节　初见

午后，阴云密布。一望无际的海平面上漂浮着一个竹排，竹排上成年大熊猫盼盼目光坚定地望着远方。想到若不是那群可恶的老鹰，自己也不会被双亲送上竹排。此时虽风平浪静，天空中却是乌云翻滚，它知道一场暴风雨的洗礼就要开始了。

"孩子，我们的家乡在四川卧龙，今生我们回乡已经无望了。从现在起，回乡的路只能靠你自己去走了……"想着双亲叮嘱的话语，熊猫盼盼不禁潸然泪下。

竹叶岛因遍布竹子而得名，但是盼盼的父母却不是竹叶岛的本土动物。当初，一艘载满动物的走私货船，在靠近竹叶岛的海域遇难，盼盼的父母和另外一些小动物因此而逃生到了竹叶岛。在岛上遇见了熊猫的天敌——豹。但豹子对成年的大熊猫并不能构成大的威胁，反而，成年的大熊猫们却成了竹叶岛上其他小动物们的保护神，两方的较量从最初的不相上下，到最后豹被驱逐到岛的北面一角而告一段落。

在熊猫没有到来之前,豹作为这座岛的头领,占尽威风。可如今却被困在这鸟不拉屎的荒凉角落,威风日渐下降。豹担心自己的地位不保,便和它的大哥——鹰商量出一条毒计,引来了数千只老鹰。在老鹰的配合下,豹终于夺回了自己失去的地盘。盼盼的父母为了保护自己的儿子,不得已把盼盼送上了回乡的竹排。

这时,突然一只海鸥从远处飞来,在盼盼的头上焦急地盘旋着。"盼盼,盼盼,还是回去吧!现在回头还来得及!"盼盼不予理会,海鸥只得无奈地飞走了。

转瞬之间,风起,波涛开始涌动,一浪接着一浪把竹排送上了浪头顶峰,随即又下坠。熊猫立刻翻转身子,双手把住两边的竹排。这些日子,它都是这样抵御暴风雨的。今日,它终于觉得有些力不从心,可它不想就这么放弃生命,放弃它未走完的路。一个个巨浪打在了它的身上,它闭上了眼睛,使出全身的力气稳住身子,在心里祈祷着暴风雨能赶快过去。可是今天的暴风雨似乎来得比哪一日都要凶猛。又一个大浪袭来,熊猫偌大的身躯被卷入海里,在落入海水的那一刻,它突然朝着上空大喊道:"洛桑姑娘,请救救我!"

"盼盼,我只能送你到这,剩下的路还要靠你自己去走了!"一位身着藏族服装的美丽姑娘,手里拿着一条牧羊鞭子,漂浮在彩色光环里，用温和的语气对着它说。姑娘渐渐远去，盼盼朝着她远去的方向急切地喊道："不要！不要！洛桑姑娘，请不要丢下我！"

"喂，喂，醒醒！这里只有本姑娘，我叫娇娇，可没什么洛桑姑娘！"随着自己的脸被打得生痛，盼盼睁开了双眼。一双活泼而热情的黑色大眼睛出现在它面前，惊得它猛然起身。一旁的熊猫娇娇被它这一突然举动给撞翻在地。

"你是谁？"盼盼茫然地环顾四周。一条奔腾的河流穿山而过，眼前身后是连绵不断的群山。被盼盼撞倒在地的娇娇，翻身坐起，伸出爪子指着它的鼻子便喷怒道："臭小子，你怎么可以这样对待你的救命恩人、美丽善良的娇娇姑娘呢？"

终于到了陆地上，知道眼前的不是梦境，盼盼眼里有了光彩。"对不起！对不起！多谢你的救命之恩！我叫盼盼，你叫什么？"看着眼前这个身形瘦弱的小不点熊猫，盼盼觉得格外亲切，语气也不由温和起来。

"臭小子，刚刚不是已经告诉你了吗？我叫娇娇、娇娇、娇娇！"娇娇嘴里娇嗔地喊着，不好意思地低下了头。毕竟成年后，自己还是第一次和一只成年的异性熊猫这样对视，何况它还长得这么英俊威武。这一低头便看见盼盼手里握着一条牧羊人用的鞭子，立刻惊奇地喊道："你手里的鞭子是从哪儿来的?"

盼盼这才发现自己手里真的是握着一条鞭子。它立时眉头紧锁,记起刚刚那似梦非梦的幻境:那位洛桑姑娘手里就有这么一条鞭子,也想起了父母讲的那个故事。正要开口,远处却传来呼唤声:"娇娇,娇娇……"

娇娇立刻从地上爬起,往前跑了几步。前爪子拢在嘴边朝远处喊道:"我在这里,这里!"

不一会两只熊猫就出现在它们的视线中,娇娇朝着它们奔去。盼盼一脸羡慕地看着奔向自己父母的娇娇,却不知道自己的父母是否都安好。

"娇娇,那是谁?"熊猫爸爸看着前方独自坐在地上发呆的盼盼,戒备地问道。

娇娇看了一眼英俊的盼盼,伸手拉了一下和熊猫爸爸一样用审视目光看着自己的熊猫妈妈。"我也不知道它是谁,在河边看着它飘在水里,我就把它救了上来。"娇娇娇羞地低语道。

一直没有说话的熊猫妈妈,其实是在打量不远处的盼盼。在它们这片森林里生活的熊猫它们都是熟悉的,显然这只毛发油亮,营养很好的熊猫,是不属于它们这里的。

盼盼见这一家人站在不远处,窃窃私语不肯上前。难得能一次见到这么多的同类，它激动地从地上爬了起来，往它们面前走去，前爪子里还握着那根鞭子。

近前，当熊猫爸爸看见盼盼前爪子里的鞭子，一脸惊愕之后，内心却是抑制不住的激动，不等娇娇介绍，便冲上前言道："您终于来了！我们一直都在等着您！"说完便跪倒在地，脑子里却是在不断回放最近做过的一个梦，洛桑姑娘真没有骗它们，使者真的来了。

熊猫妈妈也看见了盼盼手里的鞭子，快步上前和丈夫跪在了一起。只留下娇娇一脸蒙圈地站在原地。

熊猫爸爸和熊猫妈妈的举动，惊到了盼盼。好一会它才回过神来，上前去扶它们，"您二位快起来说话！"

熊猫爸爸和熊猫妈妈跪在地上纹丝不动，神情依旧激动不已。"请使者救救我们这片山林的熊猫吧！"

这话更是让盼盼一头雾水。它无奈地说道："两位还是快起来说话吧！"

娇娇这时缓过神来，几步走到自己父母身边，想要搀扶它们起来，"爸爸妈妈，你们这是怎么了？怎么可以跪这个小子？"

熊猫爸爸一伸爪子将娇娇拉倒在地。"娇娇，不可对使者无礼！"

自出生以来，娇娇还是第一次被父亲这么训斥，顿时一脸委屈，不再说话。

盼盼也是满腹疑虑。见娇娇也加入，只得开口说道："您二位快起，只要我能帮得上，一定竭尽全力！"

得了盼盼的承诺，熊猫爸爸和熊猫妈妈心里都舒了口气，这才从地上站了起来。见没有人搭理自己，娇娇赌气地也跟着站了起来。

熊猫爸爸恭敬地对盼盼说道："使者远道而来，请跟我们回营地吧！"

盼盼终于忍不住问道："两位可否告诉我，我怎么就成了你们的使者了呢？"

熊猫妈妈抢着开口道："因为您手里有洛桑姑娘的鞭子！"

"啊，鞭子！"盼盼心里很是吃惊，它们也知道洛桑姑娘？

熊猫妈妈这样一说，大家都把目光聚集在盼盼手里的鞭子上。娇娇似乎是猛然顿悟，却又有点不可置信。"老爸老妈，它有条鞭子，也不能说明它就是洛桑姑娘的使者！"

"娇娇，休得对使者无礼！"熊猫妈妈出言呵斥道。

刚刚被爸爸训了，这会儿又被妈妈训，娇娇只觉得今天的日子似乎不好，抬头看了看天，郁闷得不再开口。暂不说它是不是洛桑姑娘的使者，自己却铁定是它的救命恩人。有这么对待救命恩人的吗？娇娇负气地伸出爪子抓了一把路边的树叶，想着靠着竹子过活的熊猫，如今竟沦落成杂食动物。如果这小子真的是洛桑姑娘的使者，如果它真的能赶走那群狼，它们就可以回到那片竹海。这么想着，娇娇抬头偷偷看了一眼走在前面的熊猫盼盼，只觉得它的背影瞬间高大了许多。看着看着竟出神地愣了。

母子连心，女儿的心思，熊猫妈妈一眼就读了出来。伸出大爪子，拍了它一下。这么就被自己的妈妈识破了心思，娇娇低下头，嘴上没有说，心里却是在嘀咕："这可怎么是好？这可怎么是好呢？"

第二章节　熊猫大战狼群

跟着熊猫爸爸往密林深处走，盼盼一路都在思索，手里是有洛桑姑娘的鞭子，可是盼盼却觉得自己怎么也够不上洛桑姑娘使者的身份。一路上它都在想：到了营地，有机会，一定要对它们全盘托出自己得到这个鞭子的始末。

这时，前方的树枝突然剧烈地摇动起来。熊猫爸爸停下脚步，十分紧张地带着戒备的心理看着前方。不一会，一只满身是血的熊猫出现在它们眼前，见到它们，身子立刻摇摇欲坠。熊猫爸爸伸手扶住了它，急切地说道："壮壮，壮壮，快说这是怎么了？"

"伯父，狼群来袭，大家被围在营地，我爸爸让我来告诉您，赶紧带着娇娇它们离开这里，走得越远越好！"壮壮说完昏倒在熊猫爸爸的怀里。

熊猫爸爸把怀里的壮壮推给了赶上来的熊猫妈妈，看了一眼盼盼，转头对娇娇妈凝重地说："两个孩子，还有使者就交给你了！"

熊猫妈妈知道熊猫爸爸此去危险重重，能不能有命回来，还难说。它眼里噙着泪花，知道这不是争辩的时候，坚定地点了点头。熊猫爸爸转身往前快速奔去，娇娇也要跟上，被熊猫妈妈伸手给拉住了，但它眼露乞求地看向盼盼。不等它开口，盼盼便追着熊猫爸爸迅速而去。熊猫妈妈脸上露出了一丝欣慰，尽管还是有些担心，但丈夫身边有了使者，性命应该是无忧了。

"妈妈，您放手，我也要去！"娇娇执拗地要挣开熊猫妈妈的手。

熊猫妈妈目光严厉地看了它一眼。"不许去！你现在的任务是和我一起照顾好壮壮，这才不辜负它冒着生命危险前来为我们报信的恩情！"

熊猫营地，二十几只熊猫被一群狼围在了中间。熊猫扎堆，狼也不敢贸然上前。头狼脊背上站着一只狈，仔细打量已经被它们屡次袭击、剩下为数不多的熊猫后，在头狼的耳边低语道："大王，少了3只熊猫！是熊猫王一家，这是我们出手的最佳时机！"

头狼听说那只凶悍的熊猫王不在，立时喜上眉梢。"兄弟们给我上，今天咱们可以饱食一餐了！"

群狼嗷嗷叫着往前扑去，熊猫王的弟弟迅速反击。一爪拍飞一只扑上来的狼，身后的熊猫都开始反击。这是一场以少胜多的反击，顿时现场一片血肉模糊。

熊猫爸爸和盼盼赶来时，熊猫已经和狼混战在一起了。熊猫爸爸看见被几只狼咬住的熊猫，一个飞步跃上前，挥动大爪子将几只狼打飞,接着又去救其他被狼袭击的熊猫。

盼盼看到这一幕,愣愣地站在原地。一头狼突然看见了这只呆愣的大熊猫,便朝它的背后猛然扑去。

"使者小心!"战斗中的熊猫爸爸,时刻不忘关注着盼盼。见它身后有危险,立即出声喊道。

盼盼虽然没有实战经验,却也见过这样的场面。那竹岛上的豹和鹰也都不是什么省油的茬,当时它虽被父母赶上了树,但却是亲眼见过父母和豹、鹰的战斗。听到熊猫爸爸的提醒,盼盼的反应也是够快的。它没有回头,大爪子一个反转,便抓住后面偷袭的狼,一使劲,将它甩到远处的大石头上。头狼看见这一幕,双眼发红朝着这边奔来。这可是它唯一的儿子,就这么被一只愚笨的熊猫给摔死,暗想定要将这熊猫碎尸万段。狈被疯狂的头狼摔下了地。

杀一头凶猛的狼,不过转瞬之事。盼盼立时全身戒备地开始面对眼前的危险。头狼扑上前的瞬间,它也勇猛地扑了过去,将头狼撞翻在地。然后伸出爪子拍向头狼,身后却是觉得有利风扑来,只得松开前面已经被它拍伤的头狼,转身迎敌。

头狼肚子上挨了一掌,虽不致命,但是鲜血却咕咕地直往外流。

狈看见狼受伤，顿时慌了。大声喊道："兄弟们，大王受伤了，咱们撤吧！"

血战中的狼群听见头狼受伤，顿时也慌了。狈这一声撤，似乎是帮了倒忙。原本处于劣势的熊猫顿时占了上风，狼群瞬间被熊猫打得溃不成军，哗啦啦往后撤去。头狼在它手下的掩护中迅速撤走了。

熊猫爸爸扶起倒在血泊中的弟弟。"老二，别怕，洛桑姑娘派使者来救我们了！"

倒在血泊里的熊猫老二，脸上顿时露出了欣喜："使者？"

正在向它们身边靠拢的熊猫们也都听见了这句话，顿时都兴奋不已。

熊猫爸爸指着不远处满身是血的熊猫盼盼，激动地说道："就是它，今天要不是它摔伤头狼，我们就性命难保了！"

受伤的熊猫老二挣扎起身，朝着盼盼跪了下去。它身后的熊猫也都虔诚地跪倒在地。盼盼这一天被同类跪了两次，这第二次还是在这样一种情况下，它立刻上前扶起受了重伤的熊猫，感觉自己肩上真的是有担子了，心里很是沉重。"大家快请起！"话音落地，见没有熊猫起来，盼盼只得看向熊猫爸爸。"伯父，您快请它们都起来吧！咱们目前要做的还是赶快离开这里！"

"大家就听使者的话，都快起来吧！"熊猫爸爸开口，地上跪着的熊猫们才都慢慢地从地上爬起来。

熊猫爸爸看着被毁掉的窝棚，一脸悲伤地对着盼盼施礼。"使者，这里就是我们的家园，家园被毁，我们已经无处安身！"

看着眼前竹林并不是处于很茂密的山谷，盼盼皱着眉头，难道就没有更好的竹林吗？

熊猫爸爸似乎是看出盼盼眼里的疑虑，长叹一口气，大爪子指着远方。"我们原本生活在那片竹海里，可是自从这群狼来了后，我们就被它们驱赶离开了那里。"

熊猫妈妈没有听从熊猫爸爸的嘱咐，带着壮壮和娇娇悄悄回到了营地。看见营地已无狼群的影子，熊猫们都围在盼盼身边，立刻和娇娇扶着受伤的壮壮上前。"二叔，你受伤了？"娇娇冲上前，扶住了伤势严重的熊猫老二。

熊猫老二拍了拍她的手，安抚道："孩子，没事，没事，这只是些皮外伤！"

熊猫妈妈看着眼前已经无法居住的家园，再看着受伤的家人，眼圈微红。"使者，既然您来了，我们都听您的，是去是留您说了算！"

熊猫爸爸也立刻点头。

盼盼看着眼前伤的伤，弱的弱，见大家都把希望寄托在自己身上，只得开口问道："你们说的那片竹海离这里有多远？"

说到那片水土丰沃的竹林，大家脸上都露出了喜悦的神情。娇娇这会心里对盼盼也满是敬重。因为它们是第一次和狼群厮杀，不但战胜了狼群，还没有失去一个亲人。"不远，翻过那座山梁就能看见了！"

娇娇兴奋的话语刚落地，熊猫爸爸立刻开口："娇娇不要乱说话，目前族人受伤过半，经不起长途跋涉！"

一听还是不能回到自己最初的家园，熊猫们脸上喜悦的神情顿时不见了。这时，有一只被自己母亲护在怀里的小熊猫突然失声大哭起来："我要回家，我要回原来的家！"小熊猫的呼喊，让大家的心情瞬间都沉重起来。

盼盼被架到使者的位置上，心里也是逐渐开始接受这个角色。思索着熊猫爸爸的话也是在理。刚要开口，娇娇又抢先说话："那条河边有一片小竹林，要不我们去那里？"说完双眼亮晶晶地看着盼盼。盼盼点了点头，得到使者的肯定，娇娇立时高兴地抱住了熊猫妈妈。

第三章节　战后

在河边的竹林安顿下来后，盼盼离开大家为它搭建的窝棚，来到了熊猫爸爸一家住的窝棚。娇娇立刻激动地站了起来。当看到盼盼冲着自己微笑时，又差点羞怯地晕倒在地。熊猫妈妈见证了熊猫盼盼的勇猛后，也不再排斥熊猫盼盼，心里倒是有些乐意自己的女儿和使者好，却是不知道使者能不能看上自己这傻乎乎的女儿。

盼盼见熊猫爸爸在不远处正帮着别的熊猫搭建窝棚，便立刻走了过去，上前搭手。

熊猫爸爸一回头，见是盼盼，有些紧张起来。"您去休息吧，这边一好，我就过去找您！"

盼盼却是笑着摇头，这会儿盼盼已经知道，熊猫爸爸是这群熊猫的王。"族长，您不用跟我这么客气，你再这么客气，我在这里就待不下去了！"

娇娇远远地看着和自己父亲协同合作搭建窝棚的盼盼，心跳又开始加速。想着也许有一天，也能看见自己的父亲和它一起搭建属于它们的小窝。熊猫妈妈拍了拍女儿的肩膀，"孩子，别在这里傻愣着了。快去给使者找些嫩点的竹子，要是能有点竹笋就更好了！"娇娇娇羞地转身离开。

受伤的壮壮把这一幕都看在眼里，心里酸酸的。

干活中的熊猫爸爸,看了一眼被盼盼系在腰间的长鞭子,问道:"使者,您刚刚为什么不用鞭子呢?"

盼盼正在往窝棚的一边塞竹子。听了熊猫爸爸的话,手一顿,这才想起自己腰间的鞭子。停了一会有些不好意思地说道:"族长,一直都想和您说,我真的不是洛桑姑娘的使者,我只是偶然得到了这条鞭子。"

熊猫爸爸只当是盼盼不愿意说,也就没有再问下去。

娇娇到处也没有找到竹笋,垂头丧气地往回走时,突然眼前一亮,想起河里鲜美的鱼。既然找不到竹笋,能弄条鱼给使者打打牙祭也是不错的。

在河边,娇娇不一会儿就用竹条串了一串不大不小的鱼。壮壮到河边时,看见娇娇还在水里摸鱼,便在一边专注地盯着水面。一条鱼游过,壮壮迅速出手,一下子就抓到了一条鱼。娇娇听见身后有扑水声,回头一看,是壮壮站在水里,手里拿着一条鱼。立时惊呼道:"壮壮,你不知道身上有伤是不能沾水的吗?快回到岸上去!要吃鱼,我捉给你吃!"

壮壮听到娇娇关切的话语,心里顿时又变得暖暖的。"娇娇我视力比你好,这样吧,我来看鱼,你来抓!"

自打它们被狼赶出赖以生存的那片竹林后,为了果腹它们就又多了一项技能:河里摸鱼。壮壮是它们里面的捕鱼高手。

娇娇和壮壮满载而归,大家都吃上了它们捕来的鱼,填饱肚子后,盼盼在熊猫爸爸身边坐下。"族长,可以和我说说那些狼的事了吗?"

"唉!"族长叹了口气,说道:"都是我这个族长没有能力,保护不了我的族类!"

"爸爸,不要这样说自己,您已经尽力了!若不是您,我们怕是早就从这片山林里灭绝了!"一边坐着的娇娇开口说道。

盼盼自打看见一身水珠子的娇娇为它弄来鱼吃后,心里就对这个率真的熊猫姑娘好感顿生。"族长,狼是世上最狡猾、最狠毒的动物,您无需这么自责。按说这里不该有这么多狼的。"盼盼安慰着说道。

熊猫猫爸爸点头。"使者说得对,它们确实不属于这片山林,要不我们的祖先也不会在这里安家。这群狼是在今年年初才出现在这片山林的。一开始只有几只,后来就越聚越多。然后它们就开始成群围攻我们,导致我们家族急速减员,我愧对我的祖先啊!"

一旁的娇娇突然望向盼盼言道:"使者,您一定会帮我们打跑那些坏蛋吧?"

盼盼看着娇娇一脸的期待,不忍姑娘失望,同时也想到救了自己的洛桑姑娘。手悄悄地摸了摸腰间的鞭子，顿觉有了底气。既然洛桑姑娘把她的鞭子给了自己，那一定就是让自己用它保护同类，来继续完成她的使命。盼盼不再犹豫地点了点头。族长一家脸上立刻都有了喜色，娇娇立即起身把这个消息分享给了大家。

竹海里，在熊猫们曾经搭建的窝棚里，狈已经给头狼的腹部上了草药。可头狼自打回来，就没有睁开过眼睛，要不是还有呼吸，看起来就像已经死了。

头狼受伤，狼群围在窝棚外，等待着头狼醒来的消息。一只独眼狼，离窝棚最近，见狈进去迟迟不出来，便在外面不耐烦地喊道："我大哥醒了没？你不是说我大哥伤势不重，怎么都这么久了，还不醒来？"

狈在里面听了喊话，心里一咯噔。这个位置原本是外面那位一奶同胞兄长的，可是自打它来到这里后，它就帮着这只并不是最雄势的狼，杀死了头狼，夺了这个位置。从此自己就跟着头狼，在这个狼群和这片深山里耀武扬威，同时狈也明白：只要这只头狼在位一天，那自己的性命也就无忧；要是这只头狼哪天不在了，自己一定会被那些前头狼的手下给咬死。

外面的独眼狼没有听见狈的回话，慢慢匍匐上前。

狈听到外面的动静，吓得立即上前推搡还在昏迷中的头狼。"大王醒来！大王醒来！您若是再不醒来，我们都要沦为它的口中物了！"

狈的话音刚落地，外面的独眼狼已经冲了进来，正要对狈下口。这时，头狼突然睁开了眼，目露凶光，低沉道："独眼，你这是要以下犯上吗？"

随着头狼威严的说话声，独眼狼立刻停止了下一步的举动。"大王，大王，我、我、我只是进来看看您的伤势，并没有冒犯之意！"

头狼知道自己此时绝对不能再静卧，忙猛地起身，朝着独眼狼摆出随时准备攻击的架势。独眼狼的一只眼就是在与头狼的撕咬中被弄瞎的。看眼前的形势，即便是头狼受伤，自己也没有把握一举消灭了它。

头狼是在拼尽全力硬挺着。见独眼狼还不肯离开，便怒喊道："滚！还不滚出去，是想等着和你哥哥一样，还是准备继续奉献那只眼睛？"话音刚落，身子猛地往前一扑。

独眼一个后退，滚下了窝棚，头狼也体力不支地倒在地上。

狈捡回了一条命，立刻上前查看头狼的伤势，见又有鲜血渗出，忙用手捂住了头狼身上的草药。"大王，您不要激动，有什么话，等您伤口愈合后再说！"

头狼想起了自己的儿子，突然仰头大啸，外面的狼群听见也都开始咆哮。狼群的嚎叫，在这个深夜传出了很远。

熊猫和狼两边都有受伤的，暂时有了一阵子的相安无事。这样的日子，对于提心吊胆大半年的熊猫家族来说，是来之不易的。日子舒心了，尽管没有大片的竹笋给它们吃，但是有野果和鲜鱼，大家身上的毛色渐渐地都有了光泽。

头狼的伤势已经全部恢复。这一日坐在窝棚外，看着群狼开始发号施令："你，你，还有你，去给我们狼群兄弟报个信，就说我们这里有大群的熊猫可以食用，请不到它们，你们也不用给我回来了！"

第四章节　鞭笞群狼

居安思危。尽管狼群已经有些日子没有来犯，盼盼还是让大家轮流上到高树上放哨。如有狼群来犯，监视的熊猫就摇动树枝。一天天地过去，狼群没有来犯之意，大家收紧的心也就慢慢放下了。这夜轮到盼盼放哨，它刚爬到树上的木屋，娇娇也悄悄地溜到了树下，几下就爬上了木屋，羞怯地趴在盼盼身边，有些忐忑地低语道："使者，如果这里狼群没有了，您还会离开吗？"

对于这个问题，盼盼已经想了很久。如果这里太平了，自己还会不会前行？可是答案都是唯一的。"会的。"盼盼看着天边的一弯明月坚定地说道。

娇娇心里一阵难过，正要开口，盼盼却是伸出爪子捂住了她的嘴，指了指远处那些摇曳的树丛，悄声说道："快去通知大家，狼群可能来袭！把大家集中在我的窝棚处。"

娇娇"哧溜"一下滑到地上就往它们的居住地跑去。盼盼又观察了一会儿，看着周围的树枝都在动，知道它们是真的被狼群包围了。便不再停留，快速下到地上，往大家身边跑去。当它赶到时，熊猫们已经聚集在它的窝棚前了。

早在选址的时候，盼盼就给自己选择了一处背靠山壁的地方搭建窝棚。这样选址也正是为了今日的迎敌，老弱都进了窝棚,留下年轻的大熊猫和它一起守在外面。

熊猫爸爸看见盼盼的鞭子依旧还缠在腰上,便对它说道:"那鞭子您可以握在手上。"这些日子,盼盼闲下来的时候,都会打量这条鞭子,还用鞭子抽打过树木,但并没觉得鞭子有什么特殊之处。正想着要把它早就准备好的棍子握在手里呢,听了熊猫爸爸的话,犹豫地解下腰上的鞭子,握在手里。

盼盼鞭子在手,给了所有的熊猫强大的鼓励。原来有些胆怯的熊猫也都挺直了腰杆,目光炯炯地看着远处的丛林。虽是黑夜,但月光明亮亮地洒在大地上,整个山谷犹如白昼一般,一切清晰可见。

头狼带着它从各处召集来的狼群,将眼前的这个山谷团团围住。一开始都还是隐秘前行,等着包围圈形成,狼群便开始齐声嚎叫,嚎叫声四下而起,树上的鸟儿和猫头鹰都被吓得扑棱棱地四下乱飞。

熊猫们刚刚因为盼盼鞭子生出的勇气,又渐渐削弱。听见狼的嚎叫声,熊猫爸爸顿时满心不安。因为它从这声音听出来了,这恐怕是它有生以来遇到的最大规模的狼群。心里顿时有了视死如归的决断,心想即便使者神鞭在手,面对着成百上千的狼,也怕是寡不敌众了。

狼群渐渐地近了,月光下头狼的双眼泛着绿光,狈得意地站在它的脊背上。在头狼的身边还站着几条别的狼群的头狼。此时它们都虎视眈眈、咬牙磨爪地看着前面的猎物。

四周黑压压的，似乎看不着边的群狼，在气势上一下便压倒了这边十几头正当年的大熊猫。这么多的狼，盼盼内心也有些不安，但它努力让自己保持镇定，它感受到身边娇娇的战栗，伸手把她拉到自己身后，然后把手里的鞭子横在胸前。

站在狼背上的狈，一眼看见盼盼胸前手里拿着的鞭子，立即忍不住大笑起来："大王，大王，您快看，那个傻大个，手里竟然拿着一条牧羊人的鞭子！它还以为自己是牧羊人！"

群狼都看见了盼盼手里的鞭子，顿时叫声一片。这时，一个年龄比较大、瘸了一条腿的狼头领，看见熊猫盼盼面前的鞭子，心里一咯噔。它想到那个传说，熊猫们的守护神洛桑姑娘，几百年前，她就是用一根牧羊鞭子打退了它们的祖先，让它们的祖先一步也不敢再踏入那片山林。它跑到邀它们来的头狼身边，耳语道："兄弟，看见这条鞭子，你没有想起什么吗？"

头狼三角眼一掉，"想起来什么？我看你是胆怯了吧？如果胆怯了，你可以带着你的群狼离开！现在少了你们，我们大家还能多分些猎物！"

狈站在狼脊背上，把这头狼的话听了个真切。它是不知道那个传说,头狼话音落地,它立刻发出奸笑。头狼不顾瘸腿狼的劝阻继续前行,瘸腿狼定眼看了看前方,转身便带着它的狼群迅速离开了。

盼盼看着有一边的狼群突然退去,以为它们又要耍什么花招,全身的毛都立了起来。头狼一声嚎叫,狼群顿时争先恐后的往前扑去。盼盼负责保护身后窝棚里的熊猫,站着没有动,其他的熊猫在族长的带领下上前迎战。

不一会它们就被分割而包围,然后更多的狼便扑向盼盼这边。有狼群扑过来,危险在即,盼盼突然挥动了手里的鞭子。不!此时是鞭子带着它的手在挥动,每一鞭下去,犹如带着刀子的利风刮过,立时就倒下一片血肉模糊的狼。狼群也是够勇猛的,一批倒下,另一批又冲了过来。

头狼一直在注视着这边,它忘不了就是这只熊猫杀死了它的儿子。见成群的狼都倒在了熊猫的鞭子下,它红了眼。虽然心中有些畏惧熊猫手里的鞭子,但是想到自己惨死的儿子,便悄悄迂回,突然发力,从盼盼没有注意到的角落扑了过去,一击命中,死死地咬住了盼盼的脖子。

盼盼手里挥舞着鞭子,阻挡着扑过来的狼群,身子拼命地想甩掉脖子上的头狼,可是头狼此时报仇心切,死死咬住了它的脖子,不论熊猫怎么摆动就是不松口。盼盼脖子下的毛不一会儿就红了一片。在此关键之时,娇娇突然出现在头狼的身后,一爪拍向了它的尾骨。头狼只觉得自己的尾骨发出了脆裂声,疼痛终于让它忍不住松开了牙齿,跌落在地上。盼盼趁机挥起鞭子,抽向地上的头狼。头狼的身子便当场被抽断成两截,立刻断气,而它泛着蓝光的眼睛,还惊惧地瞪着。此时盼盼高高举着鞭子,犹如天神一般。

头狼一死,狼群就乱了。一些头狼见形势不妙,便迅速带着自己的部下离去。狈在狼群撤离时被踩死。独眼见头狼已死,立刻出声喊停,带着剩下的狼群逃走。不一会儿,就只剩下熊猫一族。盼盼手里握着鞭子,终于抵挡不住因失血过多而引起的晕眩,巨大的身躯突然向后倒去。

盼盼醒来,睁眼看见憨憨的娇娇正勾着头,坐在一边打瞌睡。在她的身边有大量的新鲜竹笋,盼盼知道这一定是这个傻姑娘给它预备着的。它也有些日子没有吃到这么新鲜的竹笋了。便顺手拿起一根,放进嘴里慢条斯理地嚼着。

娇娇这时突然惊醒。看见盼盼正用那双又黑又亮的眼睛望着自己,它的嘴里慢腾腾地嚼着竹笋,便兴奋地惊叫道:"啊,啊,您终于醒了!我这就去告诉大家!"

娇娇出去不一会儿,大熊猫们就围住了盼盼休息的窝棚。熊猫爸爸和熊猫妈妈做代表,走了进来。见盼盼已经开始进食了,知道它的伤势已经无大碍了。盼盼挣扎着翻身坐了起来。除了脖子还有些隐隐作痛,别的地方真的没有什么不舒服的了。"族长,大家是不是又回到了最早的居住地?"

熊猫爸爸立刻点头,"这次多亏了使者,不但赶走了狼群,还让我们重新回到自己的家园!感谢使者!"说完,熊猫爸爸和熊猫妈妈又要往地下跪。虽然心里已经知道了结果,但是从族长口里得到证实,那感觉还是不一样的。盼盼笑了,这下,等伤好后它就可以继续前行了。见它们又要下跪,盼盼立即起身将它们扶住,"族长,我们本是同类,你们不必如此大礼!既然你们说我是洛桑姑娘派来的使者,那么这一切都是我应该做的。"

数日后,盼盼伤势已经全愈。娇娇看着在树林里苦练鞭子的盼盼,知道它伤好了,它们分别的日子也就要到了,心里异常难受。

熊猫壮壮坐在不远处的一丛竹林边,嘴里嚼着竹笋,望着娇娇它们那边。这些日子,它一直都在暗暗盯梢,害怕盼盼会偷偷摸摸拐跑娇娇。

盼盼停下来,仔细打量着手里的鞭子,想着那日这条鞭子的神奇,大家都以为是自己挥动的鞭子,殊不知其实是鞭子带着它的手在挥动,所以那每一下才能那么有力,准确无误。

娇娇走了过来,"使者,能让我摸摸您的鞭子吗?"盼盼把鞭子递到了它的手里,娇娇手里握着鞭子突然就有了主意。"娇娇在想什么呢?"盼盼看着娇娇若有所思,便忍不住开口问道。娇娇把鞭子递到盼盼的手里。"我在想,您真的不可以留下来吗?我们都需要您!"

盼盼也喜欢上了这个心地善良、性情直率的熊猫姑娘。可是父母的嘱咐它也不能忘。那么也就只有割舍下这一份刚刚萌发的情感,继续前行。"娇娇,你一定会遇到属于你的幸福!"盼盼看着娇娇亮晶晶的大眼睛,真诚地说道。

明知道盼盼会这样回答,可当这样的话真从盼盼嘴中说出来时,娇娇还是抵挡不住满心的失落,一屁股坐在了地上。两只毛茸茸的大爪子抓着身边的小草,"可是,可是,我只喜欢你!要不你带上我一起走吧?"说着这话,娇娇眼前一亮。

盼盼心里也有此念,可此去千山万水,谁知道还会遇上什么危险,自己绝不能连累了她,"娇娇,你能舍下你的亲人们吗?我希望你能留在这里,陪着你的家人,过着本该属于你的幸福生活。"

这些话一字不落地飘进壮壮的耳朵。壮壮此时突然觉得,盼盼这家伙其实也还没那么讨厌。

"不,这都是你的借口!我知道,你就是不想带我一起走!"娇娇嘴里喊着,随即从地上爬了起来,往前跑去。

娇娇的话让盼盼很揪心。往前追了几步,晃眼间看到躲在一边的壮壮,便又停了下来,觉得娇娇能跟着壮壮,也许对她才是最好的归宿。便转身往营地方向走去,觉得自己需尽早离开,才能减少对娇娇的伤害。看着转身决绝离去的盼盼,壮壮气得把手里的竹笋扔向身后,然后迅速去追娇娇。

娇娇的爸爸妈妈尽管也不舍得盼盼的离开,但它们知道盼盼身上也有它自己的使命,便没再挽留。夜深时,娇娇回到了营地。熊猫妈妈看她耷拉着脑袋,一蹶不振的样子,用手捣了捣熊猫爸爸。"我看要不让孩子陪着使者一起走吧!"熊猫爸爸也看出了盼盼和自己女儿眼里的情愫,心里尽管不舍,可是孩子大了,终究是要离开父母独自去生活的,便只得叹了叹气。

清晨,盼盼翻身坐起,伸手去摸身边的鞭子。没有摸着,冲出窝棚大声喊道:"是谁?是谁动了我的鞭子?"盼盼的一声大喊,惊动了所有在梦中的熊猫,它们纷纷出了自己的窝棚。

娇娇的爸爸妈妈疾步走了过来,先是冲进窝棚一顿翻找,见鞭子真的不见了,也都跟着慌了起来。那可是洛桑姑娘的神鞭,这要是被那些狼偷了去,可是要出大事的。正当大家焦急万分时,盼盼却突然冷静了下来。因为所有的人都在场,唯独不见了娇娇。"打扰大家休息了,我想起来了,昨日我练鞭子时,把鞭子落在竹林里了。"

熊猫爸爸和熊猫妈妈这时也发现娇娇不在,知道这是使者在给它们一家留颜面。熊猫爸爸转身要走,盼盼出言喊道:"族长,还是让我去找吧!"盼盼往竹林深处走去,熊猫妈妈看着盼盼的背影,埋怨地对熊猫爸爸说道:"都是你昨天不提早告诉娇娇,要不她也不会做出这样大逆不道的事来。"

盼盼找到它们常去的悬崖边,娇娇面对悬崖坐在那里。听见身后厚重的脚步声,就知道是盼盼来了。可她却没有回头,手里依旧挥动着鞭子喊道:"说,你是要它,还是要我?"嘴上说着便起身,一只爪子已经在悬崖边上了。

盼盼紧张地搓着大爪子,知道自己若是回答不慎,就会出大事。"我要你!"盼盼稍一停顿,喊出了自己的心声。

娇娇听了盼盼的话,万分欣喜。但还是担心这是在自己威逼下,盼盼才说出的违心话。"你说话当真?"

"当真,不信,我们这就回去找族长!"盼盼说完,便笑着朝娇娇张开了怀抱。

盼盼带着娇娇回到营地,还没开口,熊猫爸爸就说道:"使者,我们的娇娇就交给您了,今后还请您一定要多包容她!"

"啊,爸爸,您真的同意了?"熊猫爸爸就这么同意了,娇娇心里却是有些难受起来，上前抱住熊猫爸爸。

熊猫爸爸抚摸着她的后背，"孩子，此去千山万水，一定要听使者的话！"

熊猫妈妈一脸的不舍，眼睛都不敢看自己的女儿，低着头，爪子不停地在地上抓来抓去。

娇娇走过去抱住了她的头，"妈妈，妈妈，要不你们和我们一起走吧！"

熊猫妈妈抬起头，从地上站立起来，伸出爪子摸着娇娇头上的毛。"不要说傻话了，我和爸爸不仅要保护你，还要保护我们的族类啊！这也是洛桑姑娘赋予我们的使命！"

跟着娇娇回来的壮壮，本以为族长一定不会同意娇娇和盼盼一起走。却不想族长就这么同意了，心里虽然很痛苦，也只得祝福，然后转身默默离开了。

熊猫爸爸和熊猫妈妈带着族人，把盼盼和娇娇送到离公路不远的山脊上，对着盼盼说："使者，你们沿着下面的路往前走，就能走到你想去的地方！"

终于有了明确的方向，盼盼眼里露出了欣喜的神情。但分别在即，心里还是很感伤。

"族长，我还了父母的心愿，如果有机会，我还会带着娇娇回来和你们团圆的！"说完，盼盼便拉着一步一回头的娇娇踏上了回乡之路。

路上,很是悲伤的壮壮突然出现在盼盼和娇娇的面前。壮壮把一个花环戴在娇娇头上,"娇娇,如果这小子欺负你,你就回来找我,我会替你教训它的!"说着壮壮朝着盼盼挥了一下自己的大爪子。

原本心情刚有些好转的娇娇,瞬间又难过起来,哽咽道:"壮壮,我走了,你一定要替我照顾好我的父母!"

壮壮一点头,没等盼盼再说话,转身快速往山上爬去。

盼盼看着壮壮逐渐远去的身影,对着娇娇说道:"其实你留下来,应该会很幸福的!"

娇娇推了盼盼一爪,独自往前奔去,盼盼连忙追了上去。

第五章节 一年后

在靠近四川边界的一座大山里,盼盼、娇娇已经是两个熊猫宝宝的父母了。它们的两个孩子,大的叫团团,小的叫圆圆。

对于盼盼给这两个小家伙起的名字,娇娇一开始还不是很满意。可如今喊它们的时候倒省了些力气,可以连在一起喊:盼、团、圆,便觉得这样倒也不错。

龙生九子性格各异,在这两个小家伙身上有了完美的体现。哥哥团团好动,妹妹圆圆好静。一个胆子超大仗义,但是没心没肺;一个聪明伶俐,却有些自负自私。与它们一家比邻而居的还有树上猴子一家,小猴涛涛和它的妈妈,另外还有狐狸、狗熊、小鹿、小燕子和鹰大哥。

说起老鹰被盼盼接纳,那还是费了些工夫。多亏了老鹰,为了报恩,对救命恩人团团的执着。

十月金秋时节,大家喜欢聚集在有阳光的地方晒太阳。

盼盼躺在地上,白白的、毛茸茸的肚皮朝上。它的两个宝宝,团团和圆圆在它的肚皮上,上来下去地玩耍。娇娇在一边坐着,嘴里叼着一根竹子嚼着。看孩子们闹得实在是太不像话了,便用竹子分别抽了它们一下,嘴里喊道:"不要闹了,让你们的爸爸好好休息一下!"

顽皮的团团，不理会妈妈的话，继续在爸爸的肚子上上下翻腾着。好静的圆圆，听话地从爸爸的肚皮上下来，细声细气地在盼盼耳朵边说道："爸爸，爸爸，你再给我们讲讲家乡的事吧！"

说到自己的家乡，盼盼的神情就有了些变化。一脸向往地翻身坐起，把两个小熊猫放在了腿上。"如今你们也大了，爸爸就和你们细细地说一下咱们的家乡。它在四川境内一个叫卧龙的自然保护区，那里森林茂密，物产丰富，一年四季的气候，对于我们熊猫的成长都很适宜，那里有我们熊猫吃不完的竹子和竹笋。最重要的是，在那里还有你们很多的亲人，等你们再大一点，我就带你们回去！"

在一边的熊猫妈妈娇娇听见了，白了它一眼。离开家人走了那么远的路，吃了那么多的苦，盼盼说的故乡似乎就在前方，可它们却总也走不到，当然它们之所以停下不前，也是因为它有了宝宝。"这话我耳朵都听出茧子了，回去？怕是只有在梦中了！"

团团心思简单，听了爸爸的话，提出了心里的疑问。"老爸，既然那里那么好，为什么你们还要离开那里呢？"

盼盼伸出爪子在它的小鼻头上刮了一下。"这你就要去问问你的爷爷奶奶了！"

团团立刻站了起来,爪子一伸,操起一根小竹子,挥舞着喊道:"老爸,那你赶快告诉我,爷爷奶奶它们究竟在哪?我这就去问它们!"

儿子问自己父母在哪,盼盼心中一阵难过,伸出爪子把团团拉入怀里,摸着它的头顶,望着远方,喃喃地说道:"孩子,它们也许已经早我们一步回去了,此时它们正在家乡那边等着我们呢!"

睿智的圆圆却是看见了爸爸眼里一闪而过的悲伤,开口问道:"爸爸,我们的爷爷奶奶,是不是也被那些可恶的盗猎者给杀害了?"

盼盼悲愤地摇了摇头。"我希望它们是寿终正寝。"这样说着它看了一眼远处树枝上的老鹰,如果不是自己的儿子,它说什么都不会接纳它们的仇人,想到自己的父母,想到洛桑姑娘。"你们想听故事么?我这里还有一个你们奶奶给我讲的故事。"

团团和圆圆立刻欢呼着要听,欢呼过后,坐端了身子,乌溜溜的大眼睛都看向自己的父亲。

盼盼看着突然安静下来的孩子们,问道:"孩子们,你们知道我们熊猫身上为什么是黑白两种颜色吗?"

团团和圆圆齐摇头,然后又齐点头。

盼盼继续讲道,"很久很久以前,我们也像北极熊那样全身洁白,没有一丝杂色。"

团团低头看了看自己身上的毛色,想象着自己若是全身洁白的毛,该多么抢眼啊!便急着问道:"那后来我们为什么会变成这个样子了?害得人们总是笑我们的黑眼圈不说,还讥讽我们,说不论怎么拍照,拍出来的都还是黑白照片。"

娇娇在一边听了儿子的话笑了,随口说道:"团团,你脑子里哪来这么多乱七八糟的笑话?"

团团脑袋一昂,"狐狸大哥告诉我的,它懂的可多多了!"

圆圆急着听爸爸讲故事,伸手推了团团一把,慢声细语地说道:"能不能安静地听爸爸说故事啊?"

团团平日里看似调皮捣蛋,却有些惧怕妹妹的小脾气,加之它也很想知道原因,便立刻安静下来。

盼盼满意地看着眼前两个脾气秉性虽不相投,但却能互补的孩子们,继续讲道:"不知多少年前,在我们家乡有一个叫洛桑的牧羊姑娘,她能唱很好听的歌曲,我们的祖先都喜欢听她唱歌。她一边保护着羊群,一边保护着我们的祖先。有一天,野兽来袭击我们的祖先,洛桑姑娘挥动鞭子赶走了野兽,自己也倒在了血泊中。当她的3个妹妹赶来时,洛桑姑娘已经离开了这个世界。我们的祖先身披黑纱、手带黑袖章祭奠她。它们用黑袖章擦眼泪,眼睛就染上了黑色;哭声太大,它们捂住自己的耳朵,耳朵也被染成了黑色。悲痛的哭声感动了上天,引来了一场大雨,然后大家互相抱着大哭,于是又染黑了对方的皮毛。阳光突然出来了,洛桑姑娘出现在上空,她说她要永远守护着这里的熊猫。她的妹妹们看见自己姐姐,于是朝着她奔去。至今,在我们的家乡,还有一座被称为四姑娘山的大山,那就是留下来保护我们的四姐妹的化身。我们的祖先为了纪念四位姑娘,便以身着黑白来表达对她们永远的悼念。"

盼盼讲完,一家人脸上的表情都很沉重,团团和圆圆握紧了它们的小爪子。圆圆脑袋里突然灵光一闪,想到爸爸视如性命的那条鞭子,立刻问道:"爸爸,您的那条鞭子,难道是洛桑姑娘的?"

盼盼看着两个孩子笑而不语,打算等它们大一点再告诉它们有关这条鞭子的事。

团团对于那条挂在它们窝棚顶端,样貌普通的鞭子,一直都没放在眼里,这会听了故事,再听了妹妹的话,眼前一亮。仙女的鞭子哦!如果弄到手里,看这个世界上还有谁敢欺负它?

小猴涛涛，离开妈妈，嘴里吹着口哨，在树枝上跳跃着往这边奔过来。团团和圆圆立刻转了心思，迎了上去。

树枝上的小燕子被它们惊醒，微微地睁了一下眼睛。她舍不得这些好朋友，没有随着大家南迁。天气一天比一天寒冷，她不知道自己能不能度过这个冬天。

身旁闭着眼睛假寐的鹰大哥，感受到燕子的战栗，收紧自己的翅膀，将燕子护在它的羽翼下，用它的体温温暖着燕子。

狐狸想着自己储备的过冬粮食还有些不够，便从草堆里站了起来，往远处走去。

小鹿见状蹦跳着跟了上去。狐狸一脸不耐烦地回头说道："不要跟着我，有你在，我会减少收获！"

小鹿双眼一瞪，呲牙笑着说道："我就要跟着你，监督你，免得你不劳而获，去偷别人储备的粮食！"

狐狸嫌她多事，捡起地上一个松果打了过去。小鹿躲开了，但还是和它寸步不离。

狗熊看着它们离去的背影，停下手里正在练习的抓扑动作。这个动作是盼盼教它的，说它有力气，体格庞大，只要学会这一招就能决胜千里。它肩负着大家的安全，这也是盼盼赋予它的使命，于是操着大嗓门对小鹿和狐狸喊道："不要靠近人类，小心它们的猎枪和陷阱！"

小鹿回头撩着蹄子回道:"放心,我们不往山下走!"

盼盼休息了一会儿,从地上站了起来,看了一下天边说道:"别看这天气好,明后天也许就会变天,我还是去给孩子们预备点吃的吧!"

娇娇放下嘴里嚼得没有味道的竹子也起身说:"我和你一起去!"

盼盼瞪了它一眼,神情严肃地说:"你留下,看家,看好孩子们!"

盼盼走后,娇娇抬头没有看见自己的孩子们,立刻循声找去。猴妈妈也跟了上去。

团团和小猴在树上疯玩,圆圆一脸羡慕。仰头向上看,急得围着树干打转,就是无法上树。

团团看见妹妹乞求的眼神,对小猴说:"我下去,扛着圆圆,你在上面拉,我们一起把它弄到树上来!"

小猴立刻响应。团团"咻溜"一声滑下树,蹲下来,小爪子拍了拍自己的肩膀。"来,上来,踩着哥哥的肩膀,小猴在上面拉你上去!"

胆小娇气的圆圆非常爱惜自己这条小生命。可是看着哥哥和小猴在树上是那么的欢喜,又想上树去看看。"那你一定要稳住哦!"

"放心,哥哥别的没有,力气还是有的!"说完团团骄傲地昂了昂自己的大脑袋。

娇娇和猴妈妈过来时,就看见了这一幅情景:圆圆站在团团的肩膀上,团团正努力踮起脚尖,把圆圆往小猴伸过来的两只小爪子方向上送。两个母亲一脸笑意,看着眼前这有趣的一幕。

就差一点点,小猴就能勾到圆圆的手,急得小猴在上面喊道:"团团,再高一点,再高一点!"

圆圆是第一次爬得这么高。虽然以往也被爸爸高高举起过,但是在爸爸的手里却是很有安全感的。圆圆感受到下面团团已经有些力不从心了,便央求道:"哥哥,哥哥,我不上了,放我下去吧!"

团团也有它的执拗。"没事,我能坚持住!"嘴里说着,突然使出全力往上一顶,小猴的两只小爪子抓着了圆圆的两只大爪子。

小猴激动地喊道:"抓住了!抓住了!"

团团用尽了最后一丝力气。听见小猴说抓住了,身子往后一倒,结果看见是圆圆拽着小猴,一起砸到了它的身上。

娇娇和猴妈妈看见眼前的这一幕忍不住笑了起来。小猴从团团的肚皮上一跃而起,羞愧地窜到树上,往远处跑去。

圆圆慢悠悠地爬了起来，一脸委屈地往娇娇身边跑去。猴妈妈见自己孩子跑了，追了上去。

娇娇拍着圆圆的肩膀，温和地说道："孩子，哪有熊猫不会上树的？爬树也没有你想的那么危险、那么难。今天妈妈就陪你一起学爬树！"说完，张嘴叼着圆圆，往旁边的大树走去。

第六章节　团团遇险

团团见自己摔到地上这么久了，也没有谁上来关心一下自己是否摔伤了，便生气地一骨碌爬了起来。看见妈妈在不远处耐心地指导妹妹爬树，难过地转身往回慢腾腾地走去，突然想起了爸爸的那条鞭子。这会儿窝棚那边大家都不在，它正好可以把鞭子偷出来，拿到外面去做一回洛桑姑娘那样的英雄。

团团拿着鞭子，小心翼翼地出了窝棚，躲过妈妈和妹妹的视线，往远处走去。老鹰看见了有些不放心地跟了过去。见团团没走多远，就坐在了地上，看着手里的那条鞭子发呆，只觉得这孩子平日里虽然有些顽皮，但也不会做出什么太出格的事。这时老鹰心里惦记着害怕寒冷的小燕子。想到小燕子，老鹰心里一暖。这只燕子本来是它爪下的猎物，可是抓回来后，被团团一训，没多久小燕子竟然成了自己的影子，这么想着老鹰急急往回飞去。

团团坐了一会，仔细看了一会儿鞭子，没觉得它有什么奇特的地方。拿着鞭子随意抽打身边的植物，也没有觉得它有多大的力度。后来又一想，难道这个鞭子是要在遇到危险的时候，才会发出威力吗？这么想着，它起身往远处走去，打算去危险的地方试试。

瘸腿狼虽然没有参加那次的撕咬,但还是躲在远处观战了。它亲眼目睹了那条鞭子的神力后,就带着自己的狼群远离了那片山林。

这片山林,虽说没有那边的山林资源丰富,但猎物倒也不少。最关键的是,这里离下面的村落近,冬天大雪封山,实在是找不到食物的时候,它们还可以去偷农人的家禽。想着自己当时的高瞻远瞩,没有白白消耗自己狼群的实力,瘸腿狼一脸的得意。在这片没有老虎,没有狮子的山林里,它就是这里的王。

瘸腿狼正在东想西想,暗自得意时,它的一个手下急急跑上前来。"头,头,那边来了一只熊猫!"

熊猫二字让瘸腿狼立马来了精神。在这一片,它还是第一次听说有熊猫这种动物。"熊猫?你没看错吧?"

手下一脸讨好地说道:"头儿,绝对没有看错,而且还是一只很小很小的熊猫,肉一定很嫩很嫩的!"嘴上说着,舌头就伸出来舔了一下嘴唇。

瘸腿狼兴奋地从地上站了起来,正要往前跑,又突然想到什么,回头看向身后跟着的小狼:"你确定就它一个吗?按说未成年的熊猫,它们的父母都不会离开左右的。"

它的手下也是一看见熊猫就激动地跑来报信,还真是没有仔细观察四周,"头儿,那您等着,我再带几个兄弟过去仔细察看一下,然后您再亲自出马!"

团团一开始只是想随意走走,却不想走着走着,没有遇到什么可以发挥鞭子威力的事物,还迷了路。"爸爸,妈妈,圆圆,你们在哪儿?"团团低着头往前不辨方向地奔跑着,却不知道自己早已跑出了爸爸划定的警戒范围。

盼盼带了一大堆竹笋回到了营地。圆圆好久没有吃到这么好的笋子了,一手一个往嘴里塞。盼盼坐了一会儿,没有看见团团,问道:"圆圆,怎么没有看见你哥哥?"

娇娇一下午都在教圆圆爬树。圆圆在它的耐心指导下已经学会了爬树,虽然速度有点慢,但至少是学会了,所以它很有成就感。盼盼这一问,她才想起,自己一下午似乎真没看见团团的影子。

盼盼和娇娇四处找遍,也没有找到团团。问了小猴,小猴也说一下午都没有看到团团。一边坐着吃得正香的圆圆,这才开始有些担心起自己的哥哥来,她放下新鲜竹笋,开始加入找哥哥的行列。

老鹰猎食回来,见大家到处在找团团,猛然想起它看见的一幕,立刻告诉了盼盼。盼盼回窝棚一看,鞭子真的不见了,心里更是慌乱不已。老鹰也觉得有些懊悔，后悔自己的大意。随即往看见团团的地方飞去，小燕子也跟了上去。

盼盼、娇娇朝着老鹰飞去的方向，迅速地跟了上去。

手下回来禀报，确定只有一只小熊猫。瘸腿狼便立刻带着手下围了过去。

团团还在山林里东一头西一头地找寻着回家的路，却不知危险已经逼近。当一对对泛着绿光的眼睛逼近时，团团才惊觉自己被包围了。身边有一棵树，团团迅速地爬上了树。

瘸腿狼带着它的手下将大树团团围住，发出一声声嚎叫。树上的团团被狼的叫声吓得浑身发抖，手里握着的鞭子也在不停地抖动着。

瘸腿狼没有看见团团手里的鞭子。狼是爬不上树的，但它们可以叠罗汉。它看出这只小熊猫已经被它们的阵势给吓坏了，只要它们罗汉叠到够得着它，那它就是手到擒来的食物了。

瘸腿狼朝它的手下挥了一下爪子，"来，去给老子叠罗汉！"

狼群开始围着树，一只踩着一只往上攀，可这棵树是一棵千年参天老树，实在是太高了。狼上到一半，下面的狼就承受不住上面的重量，跌倒在地。又试了几次，都不成功，还摔伤了几只狼。瘸腿狼只好另想办法。

瘸腿狼抬头看着躲藏在树叶中的团团，突然想到自己的同类不是还有冒充外婆,骗小孩开门的经验吗?它觉得自己不比它们笨,也可以运用自己的智慧,好声好语地把这小家伙给骗下来。它眼珠子骨碌一转,便朝着上面压低嗓子,柔声喊道:"孩子,别怕!别紧张,刚刚我们这么做,也是为了救你。其实,我和你爸爸妈妈都是好朋友哦。上面太高,很危险,听话,快下来吧!我这就送你回家!"

瘸腿狼温和的语气,舒缓了团团心中的恐惧。出生以来,父母把它们保护得很好,它还没有近距离见过狼。只是从爸爸妈妈嘴里听过有这么一种狡诈凶残的动物,加上现在又是黑夜,月亮和星星都隐藏在云朵后面,树林里漆黑一片,只能看见下面那一群泛着绿光的眼珠子在不停地闪着。团团壮着胆子,问道:"你们是谁?不会是狼吧?"

瘸腿狼还以为团团看清了它们的样子,立刻狡辩道:"孩子,我们只是长得有些像狼,但我们是狗,也就是人类口中的狼狗!我们可是人类最友好的朋友哦!"

树上的团团好一会儿没有说话。瘸腿狼有些急了,但是还是耐着性子说道:"孩子,你看天已经不早了,你的家人不见你回去,一定急坏了,赶快下来吧,我这就送你回去!"

团团到底还是年幼,听狼说自己不是狼,心里就放松了警惕。"那、那、那,你知道我爸爸妈妈叫什么名字吗?你说出我爸爸妈妈叫什么,我就下去,让你送我回家!"

团团的这句话,可让瘸腿狼为难了。想着这小家伙还是聪明,张了张嘴突然脱口而出:"盼盼娇娇!"说出来后,它才惊觉,自己怎么把心里想的那两只熊猫的名字说出来了。正在懊悔,心想要前功尽弃了。不料却听见上面的小熊猫惊喜地回复道:"啊,你们真的是我爸爸妈妈的朋友啊?那你们等着,我这就下来!"

瘸腿狼听了却很惊愕,难道世上还有这么巧的事?难道真的是遇到同名同姓熊猫的孩子了?那自己这运气也太好了。这么想着,心里真是舒服。想着那只嫩嫩的熊猫马上就要成为它的腹中餐了,便努力地往回吞了一下口水,伸开双臂等着接住下来的团团。眼看着就要触摸到熊猫毛茸茸的屁股了,突然空中一股劲风袭来,瘸腿狼瞬间少了一只眼,左眼鲜血直流,它嚎叫着往后退去。

老鹰到来时,看见了张开大嘴的狼,伸着前爪准备接住团团这一幕。来不及向团团示警,直接从高空俯冲下来,奔向地面的狼。一击命中后,便又迅速回升,嘴里喊道:"团团,它们是狼,快回到树上去!"团团听到老鹰的话,迅速往上爬。

瘸腿狼的空眼眶咕咕地往外冒着鲜血,不一会儿就染红了它身上的毛。老鹰的这一击,彻底把它激怒了。狼牙在嘴里咬得发出咯噔声,少了一个眼珠,熊猫肉再吃不上,它不甘心。凶相毕露地朝着身后的狼群嚎叫着:"去,去,都给我上前继续叠罗汉,我一定要亲手抓住那家伙!"

这次狼是拼尽全力,眼看着狼群一点点稳步升高,老鹰看着远方,不知道小燕子把信息带到了没。

老鹰和团团一起看着渐渐高起来的狼群,团团身体靠向老鹰,老鹰用翅膀拍打了它一下。"别怕,有我!"说完突然展翅高飞,然后猛然俯身冲向那群叠罗汉的狼群,鹰爪抓向中间的狼。中间的狼被老鹰抓住,痛得嚎叫着向后倒去。刚刚叠起的罗汉瞬间倒塌。叠罗汉的狼群数量比上次的多,自然叠得也比上次高,这次摔下来,叠成了一团,狼群发出了惨叫声。

树下受伤的瘸腿狼也被它们压到了下面,好一会儿,才从狼堆里爬出来。这下不但眼睛受伤,几乎全身上下都没有一处不痛。

狼群已经没有力气再叠罗汉了,瘸腿狼仍然不打算放弃快要到手的猎物。它心里憋着一股子狠劲,要报夺眼之仇。

得到小燕子的信息,盼盼和娇娇用奔命的速度跑去。转眼就到了狼群围攻团团的地方,远远地它们就看见树下倒了一群嗷嗷直叫的狼。

盼盼几个纵身就奔到狼群前,大爪子挥向来不及起身的狼。一个两个,娇娇也加入进来,狼群瞬间就损失了一半。月亮不知道什么时候露出了头,瘸腿狼就着月光出去找了点草药敷在受伤的眼上。回来后,远远地就看见血战中的两只大熊猫,再定睛一看,妈呀,这不就是那两只有洛桑神鞭的大熊猫吗?它立即发出命令狼群撤退的嚎叫。

狼群落荒而逃,团团从树上下来,一头扑进父亲的怀里,号啕大哭。老鹰围着它们飞了一圈,和燕子先返回了。

团团把鞭子交到盼盼手里说道:"爸爸,我错了,以后我再也不敢了!"

儿子侥幸捡回一条命,盼盼和娇娇都不忍在这个时候再教育它。盼盼伸手把儿子扛上了肩膀,一起往驻地方向走去。

第七章节 狐狸偷鸡

团团骑在爸爸的脖子上,眼睛却一直盯着爸爸腰间的鞭子。盼盼感受到了团团的目光,拍了拍它的小爪子说:"等你们再大一点,咱们就踏上回程的路,爸爸把鞭子交给你保管,等到了四姑娘山下,让咱们的团团去把鞭子交还给洛桑姑娘。但是有个前提,在这之前,你必须跟着狗熊大哥好好学本领!"

爸爸这样一说,团团立即重拾信心:"好的,爸爸!"

娇娇一直都没有说话,还沉浸在刚刚的惊吓中,这要是没有老鹰它们先找到团团,没有小燕子及时传递的消息,估计它们就是找到了团团,团团也已经命丧狼口。以前,它很不喜欢各种动物杂居在一起生活,现在看来,大家在一起生活还是蛮不错的。觉察到儿子心里已经没有那么紧张了,娇娇伸手给了它那胖胖柔柔的小屁股一掌,"以后不能走出爸爸给你们划定的安全范围,记住了没?"

团团立刻点头,突然想起瘸腿狼说的那些话,关键是那只头狼还知道它爸爸妈妈的名字,这让团团百思不得其解。"爸爸,妈妈,好奇怪哦!有只狼竟然知道你们的名字!如果它不是说出你们的名字,我也不会相信它是你们的朋友。还好,鹰大哥来得及时,不然我就上了它的当了!"

盼盼和娇娇听了团团的话，心里都很吃惊，它们不记得见到过这样一只瘸腿狼。难道这些狼也是那次夜战中的狼群？可是它们怎么跑到这么远的地方来了？娇娇想到儿子差点被骗，心里咯噔一下。"团团啊，知道你爸爸妈妈名字的动物很多，以后即便有动物说出妈妈老家在什么地方，老家还有些什么人，你也不可轻信啊！"

盼盼想，老鹰这次救了它儿子一条性命，心里原有的那一点小疙瘩，这下彻底解开了。

圆圆在老鹰那里知道了哥哥被狼袭击的事，一直站在家人回来的山岗上等着它们，在看到家人的影子后，它连滚带爬冲下山坡，首先给了团团一个大大的拥抱，兄妹俩抱在一起又滚了几个圈。

清晨的阳光撒进了竹林，万物都开始苏醒。一只飞虫在狐狸耳边嗡嗡地打着转转，狐狸气恼地一抬小爪子，啪地一下打在自己的脸上，恼怒地清醒过来。它前爪使劲往前，后爪子使劲往后，肚皮贴着地，小脑袋直视前方，伸了一个长长的懒腰之后，斜眼看了一下卧在自己不远处还在酣睡的小鹿。心道：这个傻瓜，都说鹿是站着睡觉的，就它非要特立独行与众不同，这要是有了敌情，跑都来不及。可这又关自己什么事呢？狐狸悄悄地爬出窝，离开一段距离后，便开始往前飞奔。跑出了一段距离，回头看身后没有小鹿的影子，心中是一阵欢喜。这些日子，有小鹿跟着，它是偷不到蛋也吃不到鸡。其实它早就瞄准了山下一农户家养的鸡了，可是小鹿却死活不让它去偷吃。这狐狸不偷鸡，生活还有什么滋味？

天还早，狐狸悄悄地摸到农户家鸡舍的外围，找到一个它早就勘察到的缝隙，激动地抬起前爪子就要往里钻。哪知前爪子刚一触到面前的草丛，就听见"咔嚓"一声，前爪就像是被什么东西狠狠地给咬住了，小爪子一阵钻心刺痛，想把爪子拔回来已经不可能了。狐狸疼得眼里满是泪水，这次的泪水绝对是真的。现在它很后悔甩掉了小鹿这个包袱。听见鸡舍有开门声，狐狸心想：完了，完了！我这下要成为人类脖子上的一条围巾了。

鸡舍门开了，农户喂了鸡后又离开了。狐狸连忙使劲地拽了一下被夹住的小爪子，这一使劲，好像夹得更牢了。狐狸这时候想小鹿都想得眼前出现幻觉了，嘴里不由地出声喊道："小鹿，你终于来救我了！"喊完才发现眼前依旧是野草萋萋。

"狐狸，狐狸，你在哪？"狐狸好像又听见了小鹿的呼喊声，以为这次又是幻觉，没有理会，低下头继续用舌头去舔被夹住的小爪子。小鹿的呼喊声又出现在它耳边，似乎是越来越近了，狐狸这才连忙忍着爪子的剧痛，艰难地站了起来，往四周望去，这一望，正好和小鹿焦急的目光相遇。小鹿立刻朝它奔来，狐狸连忙看向四周，它可不想让小鹿和它一样成为农户的猎物。

小鹿上前来，狐狸还是有些不敢相信自己的眼睛。"小鹿，真的是你啊？我这不是在梦中吧？"

小鹿低头看见了被老鼠夹子夹住的狐狸爪子，立时急了，抬着蹄子就想上前帮助狐狸。狐狸连忙拦住了它。"小鹿，见到你我真的太开心了，你就是我狐狸的救命恩人，这辈子我就跟定你了。"

看着一向很是傲娇的狐狸一下子对自己这么热乎，小鹿还有些不太适应。"你，你，你还是像以前那样对我就好了！现在你告诉我，我该怎么办？要不我这就回去搬救兵！"

狐狸一脸苦笑，说道："来不及了，等你搬来救兵，我怕是已成为一条围脖了！"

"围脖？"小鹿一脸迷惑。

狐狸很是可怜眼前这个单纯的小鹿，咋就这么不通世事呢？如果今天自己能逃脱这一劫，它一定会好好保护这个可爱的孩子。

"小鹿,你走吧!不要管我了!再不走,一旦被农户发现你也就跑不了了!快,快,快点离开!"说完狐狸把头拧向一边,不再看小鹿。

小鹿却突然卧倒在狐狸身边,尽量把身体弄得低一些。"狐狸,快爬到我的背上,我驮你回去!"

狐狸一脸的激动,它也是急慌了,咋就没有想到它们可以带着老鼠夹子先离开呢!狐狸拖着带着老鼠夹子的、血淋淋的小爪子,艰难地爬上小鹿的脊背。

"趴稳了哦!我要起来了。"小鹿喊道。

十指连心啊,何况这还是整个的一个爪子。这一动,狐狸已经不知道哪里在痛了,差点昏过去。它痛得说不出话来,用后爪子拍了拍小鹿。小鹿站了起来,抬起蹄子就往前跑。

农户家的孩子,站在外面刷牙,突然看见从它们家鸡舍方向奔出一只梅花鹿,再定睛一看,小鹿脊背上竟然还有一只狐狸。立刻就朝着屋内喊:"爸爸,爸爸,快看啊,有只梅花鹿驮着一只狐狸!"

农人在屋内听到,提着猎枪就跑了出来,举起枪就要射击。孩子却抱住了它的胳膊。"爸爸,爸爸,不要伤害它们!"

这一耽搁,小鹿驮着狐狸已经跑远。

进了大山,小鹿放慢了脚步。狐狸喘息着说道:"小鹿,小鹿,我痛得受不了了,快放我下来休息休息!"

小鹿跪下,狐狸拖着夹子下到地上。小鹿用头碰了碰狐狸的头,为自己不能帮到朋友而难过。

狐狸有颗玲珑剔透的心,它怎么能不知道小鹿此时的心情呢?

"小鹿,别难过!你把我救出来,已经是帮了我最大的忙了!现在我的爪子痛得厉害,怕是不能继续颠簸,只有你先回去再找大伙来帮忙了!最好能把盼盼大叔叫来,它足智多谋,一定会有办法帮我去掉这个夹子的。"狐狸断断续续地说道。

小鹿点了点头,叼来草把狐狸盖严实了,这才开始往回奔。

狗熊一大早就去觅食了。猴妈妈发现了一处有野果子的地方,带着小猴过去享受美食了。盼盼在不远处发现了一片竹林,想着离它们驻地不远,一早就带着娇娇一起去察勘地形,看看它们有没有必要搬到那边去住。

团团老老实实地待在窝棚里,圆圆在不远处的一棵树前,练习爬树。没有妈妈在身边,圆圆扭动着小屁股,终于爬上了树枝,后来屁股被卡在了树杈上,无法移动,但心里却是满满的成就感。

"嗯,嗯,嗯,这样就很好!谁还没有个第一次?"圆圆独自嘀咕着在树杈上蠕动着,像一个黑白相间毛茸茸的球。

小鹿回到营地,就直奔熊猫家。

"团团,盼盼大叔呢?"小鹿满屋子都没有找到盼盼,着急地问道。

团团一看小鹿的神情知道一定是出事了,一骨碌爬起来,"我爸爸它们去察勘新营地了,小鹿你找我爸爸有事吗?"

小鹿听说熊猫爸爸妈妈都不在,急得小蹄子在地上使劲地刨。"这可咋办?这可咋办?"

"小鹿,别急!你告诉我出了什么事?说不定我也能帮上你!"团团坐直了身子。

"狐狸被农户的老鼠夹子给夹住了。"

"啊!"团团捂住了嘴巴。

"团团你快救救狐狸吧!再不去,它就会痛死的!"熊猫爸爸妈妈不在,小鹿只有求团团了。

"小鹿,不是我不帮你,只是我们熊猫怎么能斗得过人类呢?爸爸严禁我们靠近人类!"说着,团团大脸拧成了一团。

小鹿知道团团是误会了。"团团,狐狸没有被人类给抓住,我已经把它带回了山林,只是路上太颠簸了,不能把它带回来,我把它留在了路上。"

团团一听,立刻站了起来。"那还等什么?咱们这就赶过去!"

树上的圆圆见团团要跟着小鹿走,喊道:"哥哥,哥哥,你们这是要干什么去?爸爸妈妈可是说了,不让咱们离开营地一步!"

团团想到自己妹妹聪明伶俐,觉得带上它,也许它有办法打开老鼠夹,"圆圆,狐狸被老鼠夹子给夹住了,你和我们一起去救它吧!"

昨天团团遇到狼群的事,圆圆虽然没有亲见,可只是听说就把它给吓坏了。这一听团团说要带着它去救狐狸,脑袋立刻摇得像个拨浪鼓。"不,不,不,我不去!我要做个听话的好孩子!"心里却在想,我和它平日里关系又不好,我为什么要冒险去救它,我才不要呢!

老鹰强拉着小燕子出去飞行锻炼,回来见营地里只有树上的圆圆,问道:"小家伙,怎么就你一个?大家都哪里去了?"

圆圆被树杈卡着屁股,上也不是下也不是,心烦着呢。于是头也不抬地闷声道:"不知道,不知道,它们腿下都有爪子,我怎么知道它们上哪里去了?"

老鹰眼睛一瞪,也有些不高兴。小燕子用翅膀碰了碰它的翅膀,老鹰的气焰一下就蔫了。

团团跟着小鹿赶到狐狸藏身处,狐狸已经痛昏过去了。

团团仔细看了看老鼠夹子,这人类的东西它还是第一次接触。伸出爪子去抓那块板子,狐狸被痛醒,睁眼一看,见只有团团,心里很是失落。

小鹿连忙解释:"大家都不在,只有团团在,我就把它带来了。"

狐狸听了,心里这才舒服了一点。

看着狐狸龇牙咧嘴的样子,团团不敢再轻易去动那块木板。围着狐狸打了几个转转,觉得大家这么待着,这个人类的夹子也不会自动打开。团团刚一伸出它的爪子,爪子还没碰到木板,狐狸就哎哟哟地叫停:"别动,别动,你一动,我感觉里面的骨头都要断了!"此时,狐狸原本小小的爪子血肉模糊,已经肿成了一个像充了气的肉团,那铁丝夹子仿佛是已经长在肉里了。

小鹿和团团见状急得没奈何,只得继续围着狐狸打转转。狐狸看着自己已经没有原来模样的小爪子,一脸的悲痛。最后一咬牙,对团团说道:"团团你力气大,你来掰开这个夹子吧!就这样一手把住板子,一手拉住上面的铁丝,使劲就能掰开!"

团团怕狐狸痛,趴在地上,按照狐狸的话来做。一手拿着上面,一手拿着下面,一用力,夹子被掰开了,狐狸的小爪子迅速撤离。团团一松手,想扔掉夹子,没想到夹子突然"啪"的一声,又夹住了它的爪子,团团痛得立刻嗷嗷叫了起来。狐狸一看坏了,自己被解救了,团团又被夹子咬住了,只觉得对不起团团。它使出全身力气,一头大汗,也没有掰开夹子,只得说道:"团团,是我对不起你了!你还忍得住吗?咱们还是回去找你爸爸妈妈吧!"

团团皮厚,有点痛倒也不是那么痛,点了点头。

狐狸又说,"团团你用另一只爪子托着它,就不会那么痛了!"

团团听话地用另一个爪子托住那块板子,这样它只有直立行走了,速度也就没有那么快了。狐狸爪子受伤,没法行走,小鹿继续驮着它前行。

盼盼和娇娇回来不见团团,只有圆圆在窝棚里酣睡,盼盼伸出爪子把圆圆弄醒。"圆圆,圆圆,你哥哥呢?"

圆圆伸着懒腰,"嗯,嗯,小狐狸被老鼠夹子给夹住了,它和小鹿去救小狐狸了!"

盼盼和娇娇一听老鼠夹子,心想这不是人类才有的物件吗?一下都紧张起来,转身往外跑。

娇娇跑到老鹰和燕子栖息的树下。老鹰为了燕子能安稳地过冬,还特意给它弄了个窝,此时燕子还在老鹰的翅膀下安睡。

"鹰大哥,又要麻烦你了,我们家团团和小鹿去救小狐狸了,能不能麻烦你去帮我们找找?"娇娇急急地说道。盼盼也是一脸的焦虑。

老鹰一听团团不见了,立刻带着小燕子飞了出去。圆圆这时也觉得情况有些不妙,磨叽着走到父母身边。"它们,它们是往那个方向去的!"

"圆圆,哥哥和小鹿去救狐狸,你为什么不去?"盼盼严厉地质问道。

娇娇也是一脸的怒意。

父母从来没有对圆圆这么严厉过,圆圆被吓得低下了头,"你们不是说要远离人类吗。那老鼠夹子,就是人类的,所以,所以……"

盼盼还要教育几句圆圆,娇娇一拉它的胳膊,"走,咱们先去把团团它们找回来再说!"

父母生气地走了,圆圆心里很难过,它不觉得自己有错,它只不过想做个听话的孩子,这样也有错吗?小猴和它的妈妈还没有回来,狗熊大哥出去也还没回来,整个营地里空荡荡的,圆圆突然有些害怕起来,便急急地往自己父母去的方向追去。

老鹰和小燕子最先找到了小鹿它们,老鹰见团团爪子上拖着一夹子,一脸的吃惊,它只知道是狐狸被夹住了,这怎么又成了团团被夹住了?

小燕子留下了,老鹰速度快,便返回去报信,小鹿它们继续前行。两伙动物在回程路中相遇。

盼盼看见儿子手上的夹子,上去就把夹子掰开了。团团的手得到解放,急忙喊道:"老爸,老爸,小心它咬你!"

娇娇从地上拿起一个棍子,放在夹子中间,盼盼松开了手,夹子"砰"的一声,夹住了木棍。盼盼要把夹子扔到悬崖下去,团团却要留下来研究研究。

狐狸只觉得是因为自己团团才受到牵连,心里很是过意不去。"盼盼大叔,对不起!我以后再也不贪嘴了!"

娇娇在一边说道:"不是贪嘴,如果你不想变成一条围脖,就远离人类!"

小鹿在一边再次听到围脖两字很是好奇,"狐狸,狐狸,你怎么会变成围脖?要不你现在就变给我看看?这样,天冷的时候,我就有围脖戴了。"

小鹿的话让大家都笑了起来,狐狸小眼一瞪,"你就只想要条围脖,有没有还想要件裘皮大衣?"

小鹿倒也不客气。"大衣对我没啥用,我脖子长,一条围脖就够了!"

狐狸直接被它气得闭过气了,"你,你,你就那么想让我死?"

"死?"小鹿一愣,"啊?"

狐狸知道再说下去,它没有被人类杀死,也要被小鹿气死。

老鹰和小燕子站在树枝上,被小鹿的话逗得笑得直不起头。团团笑得捂着肚子,在地上打着滚。盼盼抹了一把笑出来的泪,拍了一下小鹿的头道:"快带着你的围脖往回走吧!"

狐狸从此就有了一个大伙儿都知道的绰号"围脖"了。

圆圆往前走着,脚下一滑,身子向一边的坡下滚去,一顿翻滚停下来,腿撞到了坡下的石头上,发出"咔嚓"一声。

狐狸趴在小鹿身上,平日多话的它,今日一句话也不想说,它觉得自己是该思索一下以后的生活了。原本还想着只要找到它的同类,它就会离开这个混居群,可是看见大家对它这么好,狐狸心中突然就有些不舍了。心里思虑着,眼睛却四处张望,在路过圆圆摔下去的山坡时,一眼看见了树枝上挂着熊猫的毛,便问道:"盼盼大叔,这上面是你们的毛吗?"

盼盼立刻凑了过来,闻出是圆圆的气味,然后往下看,一眼看见圆圆正趴在下面一块石头边上。盼盼和娇娇极速滑到谷底,看见了圆圆满脸的泥土和泪水。

"爸爸你们可来了!"它想伸出前爪去抱它的父母,可怎么也抬不起来。

盼盼知道这是伤到了骨头,"孩子,别动!我们这就带你上去。"

娇娇用嘴叼住圆圆,盼盼在后边给它助力,一家3口,费了好大力气才爬了上来。

圆圆腿受了伤,无聊地坐在一边,看着树上玩耍的哥哥和小猴,狐狸叼着一根草,一瘸一拐地走了过来,把草放在圆圆爪子上,"吃了它,你的骨伤会好得快一点!"

圆圆看着狐狸,眼里满满的感激,"狐狸大哥,谢谢你了!"

狐狸摇着头笑笑,心里却是在想,咱们还真是一对难兄难妹啊!

第八章节　山谷枪声

转眼进入 12 月，竹林本来就小，可吃的东西也就更少了。一场雪将山峦大地全部掩埋，小燕子已经完全不能飞了，它受不了这里的寒冷。雪后大家都窝在窝里不出洞，可是熊猫一家却是不能，因为大人孩子都要吃。盼盼走出了窝棚，想着要去哪里给家人们弄点吃的。娇娇跟了出来，"窝棚里的食物还够吃几天的，雪这么大，你就不要出去了！"

"这雪怕是还会下，我还是再去找点食物吧，孩子们正在长身体，要是能有点玉米什么的就好了。"盼盼看着天说道。

娇娇一听玉米，一下子急了，"你不可以靠近农庄！"

盼盼回头抱了一下娇娇，"放心，我就这么一说，我不会涉险的，我还有你们要照顾！"

在窝里待了两天了，团团觉得自己浑身都快朽了，慵懒地钻出窝棚伸着懒腰，小猴正好也趁着妈妈睡着了跑了出来。圆圆跟在哥哥身后爬了出来，抢先一步滚到了雪地里，几个滚，身上就卷满了雪花。团团也学着妹妹的样子在雪地里翻滚，小猴也加入了它们的行列。昏睡中的小燕子从鹰的翅膀下探出了小脑袋，看着下面嬉戏的小伙伴，一脸羡慕。

娇娇送走盼盼回来看见孩子们在雪地里嬉戏，把顺手带来的竹子放在了窝棚外,坐在窝棚前,拿起一根竹子慢腾腾地嚼着。大雪封山后,它好想盼盼给它说的那个一年四季都有绿意的卧龙,也不知道它们一家啥时候才能启程。

狗熊被孩子们的笑闹声吵醒,走出了树洞。小猴看见,一个雪团砸了过来,狗熊被砸了一头的雪,立即蹲下身子滚了一个超级大的雪团,朝着小猴扔去,小猴吓得几下就爬上了树。

"砰!"一声清脆的枪声划过山谷,打散了大家眼前的欢乐!

娇娇立刻站了起来,心里莫名地慌乱起来。小动物们说,这山谷很多年都没有枪声了。这突如其来的枪声,让娇娇立时有了不好的感觉,它快速地往盼盼离去的方向奔去。

老鹰立时冲出了窝,追着娇娇而去,狗熊也要跟去,老鹰在上面喊道:"你留下照看这些小家伙!一定不要让它们乱跑,只怕是这山林里来了盗猎者!"

狗熊听了停下脚步,大爪子却是一下砸到树上。聪慧的圆圆立时便明白发生了什么事,要去追它们的妈妈。狗熊一把抓住了它。团团这会儿也反应过来,可没跑两步也落到了狗熊的大爪子里。两只小熊猫拼命地拍打着撕咬着大狗熊,大狗熊却死死不松手。

团团和圆圆累了，不再挣扎了，狗熊才把它们放了下来。圆圆一把抱住哥哥，哭了起来，谁知道这时的哥哥却并没有哥哥的样子，和圆圆抱在一起哭成一团。狗熊看着哭成一团的兄妹俩心情很是烦躁，枪声让它想起它的家人——也是这样一个冬天，一场大雪后，它的父母出去猎食，听到枪声响了之后，就再也没有回来。

娇娇沿着盼盼的爪子印，一路狂奔。老鹰在天空上紧紧跟随，它都觉得自己跟不上地面奔跑的娇娇。

老鹰高飞了一阵子开始低空盘旋，它还没有发现什么，娇娇已经沿着脚印，闻着气味，找到了一团血。娇娇看着雪地上凌乱的人类脚印，仰天长啸，知道它的丈夫怕是再也回不来了。想着丈夫会被人类剥掉皮，肉会被吃下肚，娇娇不禁狂怒。它突然疯狂地跟着人类的脚步往前追去，老鹰想拦住已经有些疯狂的娇娇，却无力可为，因为愤怒的母熊猫已经是啥话都听不进去了，它只得陪着它往山下狂奔。

脚印在公路边断了，雪地里有车轮印，娇娇知道自己的丈夫已经被车拉走了，它一屁股坐在了雪地里，仰天大哭起来。

老鹰落在了它的身边，娇娇不说话，它也不说话，警惕地看着四周。娇娇待了一会儿站起来，看样子是要继续追赶车轮。老鹰急了，这在山上追，危险系数还是小一点，要是一只大熊猫沿着公路追,那目标就太大了,"团团圆圆妈妈,你不要忘了你还有两个孩子!你这么做,完全就是去送死!"

老鹰的话惊醒了悲痛中的娇娇,是啊,它还有两个孩子需要它来保护,想着丈夫最疼爱的两个孩子,娇娇回转身往山林里奔去。如今盼团圆这三个字少了一个盼字,那么团圆两个,她是一定要守护好的。

团团圆圆看见了它们的妈妈,扑了过来。娇娇一手拥着一个孩子,不让自己眼里的泪水落下来。在回来的路上,它心里已经有了打算,它要带着孩子们,立刻踏上回乡之路,去走丈夫未走完的路。

团团仰头看向自己的妈妈,"妈妈,怎么就你一个人回来了?爸爸呢?"

团团这样一问,圆圆也抬起了头注视着自己的妈妈。

娇娇哽咽道:"孩子们,爸爸让我告诉你们,它先一步回故乡去找你们的奶奶爷爷了。它让咱们这就出发去咱们的家乡。"

团团没有那么多心思,听了妈妈的话,立刻说道:"妈妈,那咱们这就出发!"

聪明的圆圆看出来了点什么,却是不敢问出口,那就权当是自己的爸爸已经先回故乡,在故乡等着它们好了。圆圆这样在心里安慰自己。

天色已经不早,娇娇拍了拍孩子们的头,"今天休息一晚,咱们明天一早出发!"

团团目光看向爸爸的鞭子,"我们要带上爸爸的鞭子,爸爸说了要把它还给洛桑姑娘!"

娇娇起身把鞭子拿了下来,看着眼前两个还年幼的孩子,内心悲痛不已。想起丈夫曾经说过的话,它把鞭子缠在了团团的腰上,"团团你是家里的长子,也是哥哥,以后你要替爸爸照顾好大家!"

妈妈坚定的语气,给了团团莫大的鼓舞,"放心吧!妈妈!"

狗熊听见熊猫一家要离开,内心开始纠结,自己在这里已经没有家人了,要不也跟着它们一起去那个熊猫爸爸一直赞不绝口的卧龙看看?这样反复考虑了很久,最后一拍大腿决定跟随。狗熊立刻把自己的决定告诉了熊猫妈妈,熊猫妈妈当然欢迎它加入。

小狐狸和小鹿纠结了一晚上,早晨天空突然放晴,它们也终于决定一起上路。老鹰和小燕子听说要往西南走,想到那边的气候,老鹰鼓励小燕子一起飞。

猴子妈妈不想去,也不准小猴去。带着小猴送大家到山口,小猴突然冲上去抱着团团不撒手,猴子妈妈最见不得分别的场景,最后咬牙决定跟着大家一起走。

老鹰制定了路线,有老鹰在,大家就不必离着公路太近,也就减少了危险。

中卷　迁徙之路

真正的勇者，不是无所畏惧，而是心怀敬畏，却依然砥砺前行，义无反顾。

第九章节　圆圆掉入猎人陷阱

大家往前走了几天后，进入了四川境内，气候没那么寒冷了，小燕子的翅膀也能轻松飞动了，老鹰看着小燕子在空中自由地翻飞，它们一大一小两只飞禽在蓝天白云下自由飞翔。

狐狸实在是走不动了，小鹿就驮着它走。狐狸抱着小鹿的脖子，认真地做着小鹿的围脖。心想如果小鹿是它的同类，该多好。然后抬头看向天上飞着的老鹰和小燕子，觉得它们虽不是同类，不也相处得很好吗？这样想着，两只小爪子便抱紧了小鹿的脖子。

狐狸突然抱得有点紧，小鹿一甩脖子，喊道："围脖，太紧了，你想勒死我吗？"

狐狸刚刚升起来的那点异样小心情，顿时被小鹿的一句围脖给粉碎，它仰天长叹，"天啊，我这就是存心找自虐！一定是病得不轻，才会有这种奇怪的念头。"

小鹿一听狐狸的话语,心想自己这么辛苦地驮着这个家伙,这个家伙不感恩还哀声不断,一抬腿,狐狸被小鹿甩了下去。疼得狐狸是捂着屁股直叫唤,小鹿却是一抬蹄子就往前跑去。狐狸立刻从地上爬了起来,"小鹿,等等我,等等我,你不能抛下我!"

老鹰在上面看见这一幕,突然唱起了歌:"……这匹狼它受了重伤,但它侥幸逃脱了,救它的是一只羊,从此它们互诉衷肠……"

狐狸听了,气得拿起一块石头就往天上扔,石头落下来,却砸到了自己的头上。小爪子摸着自己被石头砸疼的脑袋,气馁了,一屁股坐在地上,满腹惆怅,如今它已经是只不偷鸡的狐狸了,一路上它都快沦落成草食动物了,可是自己明明就是肉食动物。想到肉食,狐狸的喉咙开始往下咽口水,突然它看见一边的树杈上有个鸟窝,心里便开始蠢蠢欲动,也许那里正好有些鸟蛋呢?狐狸正围着树打着转转,狗熊急急地跑了过来,神秘地把嘴凑到狐狸的耳朵边,"小狐狸,我在那边发现一个蜂窝,你想不想吃蜂蜜?"

"蜂蜜?在哪里?在哪里?"一听是又香又甜的蜂蜜,狐狸吞了一下嘴里的口水,四处望。

狗熊拉着它往前走,拐过一个山坡,在一棵树上真看到一个蜂巢。狐狸站在下面，看着蜂巢上为数不多的蜜蜂，眯起了眼，"我知道了，你一定是够不着，才想起了我！"

狗熊憨憨地嘿嘿一笑，"这也不小心被你猜到了，厉害啊，我的哥！"

狗熊的赞誉，让狐狸很是受用，"说，你打算怎么弄？"

"你站在我的肩膀上，用棍子把蜂窝捣下来！"狗熊拿起它刚刚准备好的棍子，递给了狐狸。

狐狸拿着棍子上到了狗熊的肩膀上，用棍子去捣蜂窝，几下就把蜂窝捣在了地上，两人正要上去猛吃蜂蜜，远处一群蜜蜂杀了过来。狗熊抱着脑袋就跑，狐狸连忙跟上。蜜蜂怎么可能放过毁了它们巢的家伙呢。狐狸一头拱进一树洞，尾巴和屁股却是露在了外面，顾头不顾腚，无论它怎么努力也进不去，就听见尾巴后面蜜蜂嗡嗡地叫着。

狗熊就没有狐狸这么幸运了，被追上的蜜蜂咬得满身都是包。当它们两个追上大部队时，一个满头的包，一个浑身的草，屁股似乎大了一圈，大家看着它们的滑稽样子，笑翻了天。

小猴突然跳到狐狸的尾巴边，扯了一下它的尾巴，狐狸尖叫着跳了起来。小猴笑着迅速跳到妈妈身后，大家顿时又笑成一团。

娇娇把悲痛隐藏了起来,看着眼前绿意渐渐多了起来的山林,知道这里离自己丈夫说的那个一年四季都有绿意的卧龙自然保护区不远了,想着只要带着孩子们到了那,它就再也不用担心猎人的枪什么时候会瞄准自己的孩子了。

山坡下一朵一朵小花连成一片,上面还飞着几只蝴蝶。喜欢花花草草的圆圆立刻兴奋地直奔蝴蝶和花,想把那些小花占为已有。团团却是对那些在花上翩翩起舞的蝴蝶感兴趣,兄妹俩目的不同,但跑去的方向却是一致。你推我一下,我推你一下,最后干脆一起往山坡下滚,像是两个滚着的混色大毛线球。

离花儿不远处,兄妹俩怕碾到花儿,刹住了车。圆圆率先跳起,扑了过去,等团团爬了起来,圆圆却是不见了踪影。坡上的大家也是看见了,娇娇迅速滑下山坡,狗熊也跟了下去,接着是狐狸小鹿小猴和小猴的妈妈。

娇娇正要往前跑,狐狸喊住了它,"团圆妈妈,不要再往前跑了!圆圆突然不见了,一定是掉入了陷阱!"

团团听言慢慢地往前爬,扒开草丛下面,真的有个黑洞,它立刻朝里面大喊,"圆圆,圆圆,你在里面吗?"

娇娇它们也都小心地凑了过来,对着洞下喊,"圆圆,圆圆,听见就答一声啊!"

狐狸凑到洞口往下看了一眼，看见里面黑咕隆咚的，知道这个洞一定不浅。熊猫妈妈见喊不应自己的孩子，就打算自己跳下去。

"团圆妈妈，现在下面情况不明，你不能贸然下去！到时圆圆救不上来，你再落入险境那可就更麻烦了！"狐狸出言劝说。

这是在地下，老鹰和小燕子虽然跃跃欲试，但是大家都不愿意让它们试险。上面正争论不休，洞里传来圆圆的呼救声，"妈妈，救救我，我被东西卡住了，后背好痛！"

狐狸听了一脸凝重，"坏了，下面一定还有那种尖尖的木楔，这是为大型动物准备的陷阱！"

娇娇焦急地朝着下面喊道，"圆圆，别急啊！大家正在想办法救你！"

"妈妈，妈妈，我想爸爸了！"圆圆在下面大哭道。

圆圆突然喊出这样一句话，娇娇心痛如绞。猴子妈妈四处望去，见上面坡上有很多藤条，立时奔了过去，"大家快来啊！我们把这些藤条拧成一股，然后放到下面去，把圆圆拉上来！"

很快一根粗大的藤条被放下洞里，熊猫妈妈在上面焦急地喊道，"圆圆，圆圆，把藤条捆在身上，我们拉你上来！"

它一连喊了几声,下面的圆圆也没有应答。小猴在一边说道,"我身子最轻,把我放下去!"

猴妈妈立刻拦住,"不行,你还太小!"

团团心里很是着急,自己的妹妹遇险,它这个哥哥是一定要去救的,"小猴,谢谢你了!我妹妹还是由我自己去救吧!"说完把藤条抓了过来。

小猴拿过藤条往自己身上一捆,白了团团一眼,"你是我的好朋友,朋友的妹妹也就是我的亲人,你身体太重了,还是我去吧!"

团团心中很是不忍,又觉得小猴的话在理,就不再争论。

猴妈妈拦不住自己的孩子,只得让它下去,大家慢慢地把藤条往下放,不一会就听见小猴在喊停,又过了一会小猴喊,"快拉呀!"

大家开始往上拉,只觉得这个被拉上来的一定不是小猴。闭着双眼全身是血的圆圆被拉了上来,熊猫妈妈抱住了自己的孩子,"圆圆,圆圆……"

圆圆睁开眼看了一眼妈妈,嘴里喃喃道,"妈妈,妈妈,我刚才看见了爸爸,它朝我笑呢!还说我们一定会回到咱们的家乡!"

娇娇热泪盈眶,连忙点头,"好孩子,我们一定会回去的。"

猴妈妈见圆圆没有啥大事，连忙又招呼着大家把绳子放下去，还没等大家拉呢，小猴已经笑嘻嘻地顺着藤条爬了上来。见自己妈妈一脸的担心，腰一挺，"大家别忘了，我可是当年大闹天宫的大圣爷爷的后代！"

猴妈妈上前抱住了小猴，"你个小泼猴，什么时候才能真正长大？"猴妈妈说着话，想起自己突然失踪的丈夫，然后放开了自己的孩子，往熊猫妈妈身边走去。猴妈妈现在是最能理解刚失去丈夫的熊猫妈妈的心情的。

团团上前抱起小猴，"小猴，谢谢你！"

因为圆圆是后背先着地，所以伤都在后背上，还好它毛皮厚，那些木桩也不是很尖锐，但就是这样，圆圆的后背还是血淋淋的伤得不轻，只能趴着睡觉。圆圆受伤，大家只有停了下来，找到一处隐秘的竹林后，各自休息。

娇娇坐在受伤的圆圆身边，想到那些可恶的人类，它们已经躲进大山里了，他们还不肯放过它们，大爪子握成了团。

猴妈妈拿着两个熟透的野果子，从树上跳了过来，把手里的野果子递给了圆圆。

猴妈妈看见娇娇愤怒的样子，连忙说道："团圆妈妈，人类也不是都像你想的那么坏。那些用来捕获我们的洞和夹子还有别的什么，都是那些盗猎者所为。"

娇娇不为所动,"血债是要用血来还的!"说完起身往山下奔去。

猴妈妈立刻喊道,"鹰大哥,鹰大哥,你快去看看,熊猫妈妈跑了!"

老鹰立即起飞。

娇娇跑着跑着心里的怒气渐消,它还有两个宝宝要保护,还要完成丈夫未完成的遗愿,奔跑的速度也就慢了下来,但是并没有停下脚步。是啊,就像猴妈妈说的,人类也不完全都是邪恶之类,他们不是还给它们划分出动物保护区了吗?

娇娇跑到圆圆掉下去隐藏在草丛里的陷阱处,开始拔周围的草。草去掉了,洞口便清晰可见。探头看了看如今已经能看到的洞底,想了想回身往山上跑,不一会儿抱着一个大石头跑了回来。

老鹰一直在不远的树杈上看着这边,娇娇的举动让它有些诧异,但没有出声阻止,直到看见娇娇把石块投进洞里,才明白了它的意思,立刻起飞往它们暂居的营地。

不一会狗熊就呼哧呼哧跑了来,加入了娇娇的行列。

第十章节　鞭子事件

这边的山林是比它们原来的山林资源丰富，可毕竟是深秋，山上可吃的食物真的不多。熊猫们可以吃那些竹子，小鹿可以吃草，老鹰和小燕子也有可以吃的虫子，可是苦了猴子、狐狸和狗熊。

娇娇三令五申不让大家靠近农庄，狗熊饿得实在是没有办法，便偷偷溜出营地，朝它一早就看好的有村落的那座山梁跑去，翻过山脊，就能看见远处的村落。狗熊突然看见一片好像没有被收获的庄稼，迅速往前冲去。

王老太家种了几亩玉米，是儿子搞的什么实验田，还说这是晚熟玉米，所以村里家家户户的田里早就换上了别的农作物，只有它们家还有快要收割的玉米。我们的大狗熊瞄上的就是王老太家的玉米。狗熊一头扎进玉米地里，挨个闻着久违了的玉米清香，好一会它才小心翼翼地掰了一个玉米，几下撕开皮往嘴里塞，玉米粒嚼在嘴里那个好吃啊。狗熊边吃边琢磨，自己可不能像人们说的那样，狗熊掰苞米这边掰那边丢。

狗熊吃得饱饱的，用它的大爪子踩倒了一片玉米，然后把玉米一个一个掰下来扔到地上，等看着自己拿不了了，才停下来，回头去捡起玉米夹在一边腋窝下，一个两个三个，大狗熊足足夹了有二十几个，感觉再拣下去腋窝下的就要往下掉了，这才停了下来，满载而归。

小猴最先看见狗熊腋窝下夹着的苞米，激动得跳了过去，伸爪一抽，狗熊腋下的苞米撒了一地。小猴拿着苞米跳上了树，津津有味地吃了起来。狐狸见有苞米吃也快速上前，叼了一个就跑。

狗熊大笑道，"别抢！别抢！大家都有份！"然后弯腰捡起几个玉米朝着熊猫家住的地方走去。

狗熊离开，狐狸见小鹿还羞答答地不好意思上前，把自己叼来的玉米放在它的蹄子下，又屁颠屁颠地跑过去叼玉米。树下的老鹰看见，又开始哼起自己编的小曲，"狼爱上了羊……"

娇娇一早就出去找吃的了，团团虽是看见狗熊带回来的苞米，但它答应了妈妈要照顾好受伤的妹妹。加之它腰间的鞭子也在时时提醒它，如今它可是洛桑姑娘鞭子的主人，肩负着保护大家的使命，尽管心里很馋那些新鲜玉米，但到底还是没有上前。

狗熊看见团团，大眼瞪得圆溜溜的，一眨不眨地只是看着玉米，笑了。把爪子里的一个玉米先递给了趴着的圆圆，另一个递给了团团。团团拿起玉米就啃，圆圆也是吃得津津有味。狗熊知道它们也是饿了，又给它们各递一个，圆圆拿起就往嘴里送，团团吞着口水说道："这个我还是留给妈妈吧！"

狗熊听言伸出爪子拍了拍团团的头，"我们的团团头领真的长大了！快吃吧！那边还有，就是没有，山下也还有很多。"说着话还看了一眼团团腰间的鞭子。对于这根鞭子的来历，一路上它们已经从团团嘴里听了无数遍。但是狗熊就是不相信，这样一根普普通通的鞭子，还能和什么仙女挂上钩？

狗熊的表扬让团团心里有些沾沾自喜，圆圆看哥哥开始啃玉米，自己也跟着开吃。

3根玉米下肚，团团和圆圆这才觉得肚子里有了点食物。狗熊看见团团站起来摸着自己的小肚皮，突然很想见识一下团团睡觉都不离身的那根鞭子，于是就逗着团团说道，"团团头领，这会您吃饱了，能不能给大家展示一下，这条鞭子的威力啊？"

狗熊嗓门本来就大，这会儿又是故意的，在场的小动物都听了个真切。它们也都知道这个有关鞭子的传说，大家都一脸期待地看着团团。团团有些骑虎难下，对于鞭子，它也是第二次在手。

圆圆伸出爪子碰了碰它,"哥哥,不要。你忘了妈妈说过的话吗?这根鞭子是用来保护大家的,不是用来炫耀的。"

团团却不理会圆圆的话,自打鞭子被妈妈系在腰上,它还没有拿下来仔细看过,更没有试过它的威力。团团不顾圆圆的劝阻,走到一个开阔地,把腰间的鞭子取下来,举起爪子就挥。鞭子打在一边的小树上被弹了回来,团团自己挨了一鞭子,被打倒在地。团团只觉得丢脸,迅速爬了起来,挥鞭又开始打树,鞭子又被弹了回来,打在它的身上,疼得它在地上打滚。吓得在场的小动物都屏住了呼吸。

娇娇抱着一捆上好的竹子回来,看见在地上拿着鞭子打滚的团团,立刻扔掉手里的竹子,跑上前,没有去拉团团,只是把它手里的鞭子夺了过去,转身往它们住的地方走去。

狗熊这时很是后悔自己的好奇心,想上去和熊猫妈妈解释一下,却又觉得羞愧。狐狸对着一边的小鹿低声说道:"这就是好奇心惹的祸,不过这苞米还真是好吃!"

小鹿同情地看着站在中间的大狗熊,"狐狸,怎么说话呢?刚吃了人家的东西就嘲讽人家,你也太没有同情心了吧?"

猴妈妈被小鹿的声音吵醒,抱着小猴上前看团团的伤势,见团团还躺在那里,伸出爪子拍了拍它的头,"孩子,妈妈真的生气了,还不赶快去给妈妈道个歉!看到你,我就想起我们的祖先齐天大圣跟着师傅学艺，要不是它在大家面前炫耀，被师傅提前赶走，也许就不止72变了。唉，你这孩子，快去吧！"

团团听了小猴妈妈的话，慌了，立刻从地上爬起来去追妈妈。树上的小燕子听了猴妈妈的话，担心地说道："熊猫妈妈不会要赶走它的孩子吧？"

老鹰给了它头上一下，"想啥呢？没有你想的那么严重！咱们这就出去找虫子吃，等咱们回来，它们母子也就和好了！"

小燕子是越来越听老鹰的话了，立刻跟着老鹰飞了出去。狐狸抬头看了一眼，嘴里也哼起了"狼爱上了羊"。

小鹿一脸不解地问道："狐狸，怎么你和老鹰都在唱这首歌？还有狼和羊不是天敌吗？它们怎么可能相爱呢？"

狐狸摇了摇头，"自己去想。"然后夹着尾巴，扭着小屁股一摇一摆地离开了小鹿，走到另一个草丛继续吃它还没吃完的玉米，但它心里还是好想吃鸡啊！最近吃这些食物，它都觉得自己的毛皮没以前有光泽了。

狗熊看见团团朝自己妈妈慢腾腾地走去，犹豫了一下，鼓足勇气也跟了过去。娇娇看着往自己这边走来的团团，皱起了眉头。圆圆看见了，伸出爪子拉了拉妈妈，"妈妈，妈妈，我也有错，是我没有劝阻哥哥。妈妈你要有气就打我吧！"

娇娇听了圆圆的话,伸手摸了一下它的后背的毛皮,"还疼么?"

圆圆连忙摇头,狗熊低着头,羞愧地站在团团身后。团团见自己妈妈只和妹妹说话不理会它,心里很是难受,很担心妈妈也像那个齐天大圣的师傅一样将自己赶走。

"妈妈,我知道错了!"团团说着话跪在地上。

看见团团跪下,狗熊正在为难自己是否要跪下,娇娇的目光移向它,"狗熊大哥,这玉米是你弄来的吗?以后不要再去冒险了,这要是被那些坏人知道了,不知会生出什么事端来!"

狗熊立刻点头称是,"团团妈妈,今天的事都是我不好,是我鼓动团团来展示鞭子的!"

娇娇神情严肃,一挥爪子,"狗熊大哥,这件事和你无关。怪只怪我们家团团定力不够。"

熊猫妈妈都这样说了,狗熊内心更是懊悔不已,见自己在这,熊猫妈妈也不说话,转身默默地离开了。

狗熊走后,娇娇才正眼看着团团,"既然知道错了,那就说说你的错吧!"

"我,我,我不该不听妈妈的话,我不该因为一点虚荣心就经不起别人的鼓动。"团团低头喃喃道。

"嗯，你有这样的认识就好！不过有句话还必须告诉你，你爸爸也说过这根鞭子，只有在性命攸关的时候，它才会发挥它应有的作用。"娇娇说着话，想起盼盼和自己讲过的那场和狼撕咬时，发生在它身上的事。

"那，那鞭子还可以由我保管吗？"说着话团团抬起头，一脸渴望地看着自己的妈妈。

娇娇点了点头，"如果再犯，你就没有资格保管它了。"

第十一章节　和谐

　　王老太的儿子王勇带着人去收割玉米，看见一块地的玉米被损坏了一大半。仔细勘查后，发现有大型动物的脚印，他立刻把这件事汇报给了村长。村长带着村里有经验的老猎人去察看。老猎人很肯定地告诉村长，这是狗熊。而且这个狗熊还很聪明，看到一路上散落的玉米棒子，就知道这只狗熊还带走了很多玉米。村长一听来了精神，在它们这片山林已经很多年没有发现大型动物了，更别说狗熊（也就是熊瞎子）。村长略加思索，自己出钱买下了这块靠山林比较近的玉米地里的玉米，带着人远远地用望远镜蹲守玉米地，想看看究竟是不是熊瞎子。

　　吃过玉米的动物们，都开始心心念念狗熊说的那片在这个季节难得一见的玉米地，特别是受了伤的圆圆。一天天地眼看着可吃的竹子越来越少了，娇娇也很心急，想着如果它们头上有老鹰侦察，自己在玉米地再小心点，应该不会有什么问题。还有若是圆圆营养跟不上，那么伤势也就难得好起来，它们在这里耽搁的时间就会更长，危险也就更大。想到这里，娇娇决定同意大家去摘玉米。

　　熊猫妈妈的决定让大家都很是激动，但到出发时，为了安全，熊猫妈妈却只让狗熊跟着它去。

村长带着人已经在玉米地蹲守了好几天，正当它们失望地以为狗熊不会来了时，一个拿着望远镜一直在观察的村民突然激动地惊呼道："啊，啊，啊，你们快来看，我都不相信我的眼睛了！"

村长一把夺过望远镜，一看也是兴奋不已，"熊猫！熊猫啊！是狗熊和熊猫！"

村民这边轮流抢着望远镜看，那边的老鹰已经在空中侦察了好多圈了，并没有发现什么可疑。狗熊这才和熊猫迅速靠近玉米地。可是它们还没走到地边，熊猫妈妈就发现情况有些不对，因为成堆的玉米竟然被农户放在了地边，想到上次圆圆掉下陷阱的事，熊猫妈妈拉着狗熊就往回跑。

狗熊和熊猫妈妈空手而回，大家都很失望，团团和圆圆以及小猴都唉声叹气。熊猫妈妈却是再也不允许大家靠近那块玉米地。

山上的村长和村民们，通过望远镜，看见狗熊和大熊猫还没有靠近玉米堆就往回奔，都很纳闷。国宝大熊猫啊！在它们这里，就连祖上都没有看见过。大家一想到熊猫就这么走了，都很不甘心。村长思索了一会儿，觉得一定是熊猫它们看见摆放在地的玉米，起了疑心。心里很后悔，自己这次还真是好心办了坏事。想了想，决定再弄些苹果、橘子之类的水果,努力地让大熊猫相信它们的善意。

猴妈妈被小猴子闹得没有办法,只得和狗熊偷偷地商量,它们决定再去冒一次险。

狗熊和猴妈妈趁着熊猫妈妈外出觅食,偷偷地溜出营地,来到了山下。这次的地边,不但有玉米,还有水果。猴妈妈觉得是自己硬拉着狗熊来涉险,危险就应该它去试。猴妈妈小心看着地面,一点点靠近。在快靠近水果篮时,用棍子捣了捣地面,并仔细察看一番,没有被人挖掘的迹象,它小心地跃到水果筐上。狗熊不知道猴妈妈的想法,见猴妈妈这就上了水果筐,以为下面没有危险。几个纵身就扑了过来,猴子妈妈还来不及喊,狗熊已经到了它的眼前,大爪子里已经抓了一个苞米。

见地面似乎并没有问题,猴妈妈还是警惕地看向四周,"狗熊大哥,咱们还是赶快弄点就回去!这里不安全!"

狗熊已经几根玉米下肚,听了猴妈妈的话,立刻把地上的玉米往腋窝下夹。猴妈妈有点纠结,它能力有限,不知道是该拿水果还是苞米了,看见狗熊已经拿了玉米,它拿了一个橘子和一个苹果,喊着狗熊一起往山上撤。对面山上的村长看见今天竟然换成了猴子陪狗熊,他惊讶不已。回到村子里后开了个会,让大家近期不要上山,更不允许村民有伤害动物的行为。整个村子因为有了熊猫的出现，人们都像过年一样开心。

狗熊和猴妈妈回到营地，主动找熊猫妈妈承认了错误，并且把它们在山下看到的情况详细地说给了熊猫妈妈听。团团圆圆很眼馋小猴不舍得吃的橘子，看着孩子眼馋的神情，熊猫妈妈决定为了孩子们再涉险一次。

这次还是老鹰在天上侦察后，娇娇才和狗熊下山。到了山脚下，娇娇还没说话，狗熊就扑了过去，娇娇只得跟上。

狗熊一顿大吃，娇娇仔细看过周围，并没有什么危险，看着一筐橘子和苹果对着狗熊说道："狗熊大哥，你提橘子篮，我提苹果篮。"这样说着又往两个筐子里装了些苞米。

狗熊听了熊猫妈妈的话，一拍大脑袋，"哈，怎么昨天我们没有想到呢？以后我们都可以拿着篮子来装苞米了。这样也就省得我用胳膊夹苞米了，夹得我胳膊发酸不说，路上还要掉一些。"

熊猫妈妈和狗熊满载而归，大家饱食了一顿。后面又经过这么几次，而且每次都有新鲜的水果，动物们也就渐渐地放下了戒备心，知道这些村民都是善意的。

圆圆身体恢复得不错，闹着也要跟着大家去，于是动物们吵吵闹闹地一起去了山下。

村长带着人一直在这边监视着,一是想看看还有些什么动物,二也是为了保护动物,以防万一。它们在望远镜里看到这么一群动物组合,都惊呆了,最关键的是不仅有大熊猫,还有两只未成年的小熊猫。村长激动不已,把它们这里发现熊猫的事报告给了上面的组织。可是,过去这么多天了,也没有人下来问询,村长担心不知道这些动物什么时候就会走了。

玉米地不远是村里的打谷场,几天下来,动物们知道村民们不会伤害它们,胆子也一天天大了起来。小猴坐在地边上吃得小肚子圆溜溜的,团团和圆圆和它并排躺在地上,晒着它们的小肚皮。

狗熊吃饱后,心满意足地在山坡上来回溜达,想消化一下,一会儿再接着吃。看离村庄近了,狐狸心里又开始惦记起农户的鸡了,吃着玉米心不在焉,小鹿在一边慢条斯理地说道:"鸡,你就别想了,有这么多玉米和水果吃,你就知足吧。"

小燕子和老鹰飞累了,站在最高处的树杈上继续为大家放哨。

第十二章节　杂技团里的猴爸爸

村里突然传来了锣鼓声，小猴耳朵尖，立刻坐了起来，见妈妈正和熊猫妈妈坐在不远处打着盹，身边的团团圆圆似乎也睡着了，它从地上跳了起来，蹦跳着往锣鼓声方向奔去。

猴妈妈一睁眼看见远处小猴一闪而过的背影，立刻跟了上去。

锣鼓声就是从打谷场传来的，小猴到打谷场时，见打谷场上围着一圈人，好像在看什么，里面的锣鼓声不断，还有说话声。小猴好奇心重，但也知道危险，不能上前，它一跃，跳到了打谷场外面的大树上，几下便上到了最高处。坐好后，往下看，见人群中，一个人拉着一条链子，链子上竟然拴着一只小猴，边上还有一只大猴子。这时大猴子正拿着一物在敲，小猴知道这声音就是那东西发出的。看见自己的同类被人类这样拴着，小猴心里有些难受，小爪子在前面使劲地抓着。

猴妈妈来到树上，抱起小猴就要跑，一转身看见人群中的那只大猴子，顿时愣在了那里。

小猴原本以为妈妈会责备自己，谁知这次妈妈不但没有抱着它立刻跑走，还和它一样看着人群中的猴子。

"妈妈，妈妈，他们是在干什么？"停了一会儿，小猴忍不住问道。

猴子妈妈突然松开小猴,往另一棵树上跳,然后一棵一棵地跳,不一会儿就跳到离人群最近的一棵大树上。

在人群中敲着锣敲的大猴子,只觉得有一道目光看着自己,抬头一望,看见了树上的猴妈妈。它先是一愣,然后激动地开始蹦跳,手里的锣敲得是更响,节奏也更快了。猴子夫妻能再次见面,这是它们没有想到的。两两相望,都是眼泪汪汪,猴妈妈几次想往丈夫那里冲,都被猴爸爸急促的锣鼓声给阻止了。这时小猴也来到了猴妈妈的身边,猴爸爸看见自己的孩子更是激动不已,被抓的时候,小猴还在吃奶,这一晃,儿子都已经可以在树枝上跳跃了。它很想跑过去抱抱自己的孩子,可它知道这辈子怕是无望了。

这时,站在前面的一个孩子,突然指着大猴子喊道:"妈妈,妈妈,那只大猴子落泪了!它是不是饿了?快给它块饼干!"

这个耍猴人和别的耍猴人不同,常规耍猴人都是精瘦精瘦的,而这是个胖男人。胖子见大猴子今天这么卖力,很是满意,把一个香蕉扔给了大猴子,大猴子看也不看,继续敲锣。

树上的猴妈妈知道,这是丈夫在让自己带着孩子赶快撤离这危险地的信号。它知道自己要是不走,丈夫是不会停止敲锣的,猴妈妈看着丈夫满脸的不舍。

小猴也发现情形有些不对，妈妈平日里很谨慎，从来都不敢和人类靠得这么近，想到这它立刻去拉妈妈的手，"妈妈，妈妈，你怎么了？是不是可怜它们？我也觉得它们好可怜，要不咱们去把它们救出来？"

猴妈妈听了小猴的话，把小猴搂进怀里，伸出爪子指着前方，"孩子，快仔细看看，里面那个敲锣的大猴子，你要记住它的样子，一定要记住它的样子！"说完猴妈妈抱着小猴，泪流满面，身子发着抖。

小猴是个聪明的孩子，"妈妈，难道它就是我失踪的爸爸？"

猴妈妈捂住了自己的嘴，点了点头。下面的锣鼓声更急了，猴妈妈不再停留，抱起自己的孩子就往来的那棵树上跳，几下就离开了打谷场。

人群中的猴爸爸看着妻儿走远，一下子泄了气，刚刚是憋着一股劲儿，硬撑着的，这会儿妻儿已经安全了，手里的锣和鼓槌砰然落地，自己也瘫倒在地。前面正在表演的小猴，因没有了锣鼓声便停了下来，围观的人顿时叫了起来。胖子提着鞭子就来抽打老猴子，开始说话的那个孩子不干了，跑上前，挡在大猴子面前，"老板，你不能打它，它一定是刚刚敲锣敲累了！"

孩子这样一说，村民们也高兴了。这时旁边一个瘦高个男子，走到胖子身边，小声告诉他，这个孩子可是村长的金孙子，要想继续在这个村里挣钱，这孩子是万万得罪不起的。

胖子听了，脸上立刻堆满了笑容，"小朋友，既然猴子累了，那就请我们的杂技小明星上来给咱们表演精彩杂技吧！"

男孩满意地退了回去。一边早就准备好的一个八九岁大、身体瘦小的女孩子走上前。

瘦子带着另一个脸上有疤的男人，从他们的一个改装的厢式货车上往下搬道具，眼睛却是关注着小女孩。疤脸看着有些失神的瘦子，不耐地喊道："老于头，你又想偷奸耍滑？"瘦子连忙收回目光开始忙碌起来。

小女孩在中间利落地翻了几个跟头，打了一趟拳，然后一抱拳，说着场面话，开始问大家要钱。大猴子坐在一边的箱子上发愣，胖子狠狠地瞪了它一眼，把一小簸箕递给了它，大猴子端着簸箕木然地开始转着圈收钱。

胖子在后面高声喊道："各位父老乡亲，今天只是预演，热热身，明日等我搭好棚子，有更精彩的节目等着你们！届时欢迎大家前来捧场，同时也拜托大家能让更多的人知道这个消息！"

胖子之所以选择这个村子做落脚点，是因为这个村道路四通八达，是这一片人口最多的村子，最关键的还是这个村的人比较有钱。

为了吊起人们的胃口，草草表演了一会儿就收场了。

小猴听说里面有自己的爸爸，一路都在吱吱叫喊着，要回去救自己的爸爸。猴子妈妈把它抱得紧紧的，一路抱回了玉米地边。因为村民没有恶意，它们也把营地移到了这座山的中央。

猴妈妈抱着小猴一路狂奔到了玉米地边。因负重劳累，瘫倒在地了。小猴被自己妈妈一松手，又要往来路跑。却被娇娇一把给拉住了，"猴妈妈发生什么事了？"

小猴被熊猫妈妈抓得挣脱不开，团团一脸担心地上前。小猴就一把抱住了团团的脖子，哭着说道："团团，我看见我爸爸了，可它被人用链子拴着。团团你不是有洛桑姑娘的鞭子吗，快救救我爸爸吧！"

娇娇听到小猴说找到自己爸爸了，心一揪，松开小猴，眼睛看向团团腰间的鞭子。团团怕小猴前去冒险，接替妈妈抱住了小猴，安慰着它说："别急，别急，我们大家一定会救回你爸爸的！"

小猴的话勾起了狗熊的伤心事，狗熊也想起了自己的家人，立时义愤填膺地挥动着大爪子说道："对！我们一定会救出你的爸爸！"

小鹿本就是个善良的孩子，顿时就眼泪汪汪，"救，一定要救！"

狐狸心里却很害怕，这可是和人类斗啊，从来还没听说过动物能斗过人类的。

老鹰和小燕子没有说话，但在心里也已经决定要和大家一起去救猴爸爸。

娇娇沉思了一会，虽然这件事很冒险，弄不好会让它们全部被抓，但既然看见了，就不可能不救。

"猴妈妈，你和我们说说你们见到的详细情形。"

猴妈妈眼里满含感激地看着大家，"我先在这里谢过大家了，这是小猴它爸爸的命，小猴它爸爸也不希望我们去救它！"

小猴一听又不干了，挣脱团团就要往前跑。猴妈妈比它动作要快，上前一把抓住了它，抱着它就往山上跑。

娇娇立刻对大家说："既然这里来了陌生人，我们还是回到最初的营地，一切等回去了再商量。"

第十三章节　解救猴爸爸

村长一直在注视着这边,这几天这群动物一直是快日落才离开。今天才刚过晌午咋就离开了呢?而且看样子好像还很匆忙。村长担心是不是有村民不听话,做出什么事,吓到了这群动物。他立刻下山,到了村里才知道,原来是村里来了杂技团。他想撵走他们,可是他们这里年年都会有杂技团过来演出,今年要是把他们赶走,一定会让他们察觉些什么。他们村的人他敢保证,外面的人就说不好了。还好也就3天的时间,只要他让大家都管住自己的嘴,3天过去了也就好了。

动物们回到最初的营地,大家都围在了小猴一家人的身边,小猴这时也安静下来,乖乖地趴在妈妈怀里抹眼泪。

猴妈妈见大家都在等着它说话,就把它和小猴看见的一切细细地说了一遍。大家听完都很痛心。一直有些惧怕人类的狐狸也被猴爸爸的事弄得心情很不好,看大家都等着熊猫妈妈拿主意,于是狐狸开口说道:"我们要救猴爸爸,必须有个周密的计划。"

狐狸一开口,大家都看向它。这里只有狐狸和人类接触过,那么也就只有它是最了解人类了。

娇娇正要开口,团团抢先说道:"狐狸大哥,你快说说,我们该怎么救出小猴爸爸？"

狐狸见大家这会儿都满怀期待地看着自己，心里其实已经有了主意，眼珠子灵活地转着，似乎在思考着。

小鹿看着狐狸背着手，来回踱着步子，故作思考的样子，有些不耐烦，抬起蹄子就给狐狸屁股来了一脚，"有什么主意，就赶快说！玩什么深沉？"

狐狸心虚地捂着自己的屁股，瞪了一眼小鹿，怕小鹿嘴里再蹦出什么直白的话，只得开口，"刚刚我听猴妈妈说，它看见了铁笼子，还说猴爸爸脖子上也有链子。那些链子我们是无法弄开也无法弄断的。所以我们一定要先偷到那些人的钥匙，而这钥匙一定是在那个胖子身上，这是一件很危险的事。"说完，它看了看小猴。

小猴立刻就明白了狐狸的意思，"这件事就交给我！狐狸大哥，你还是赶快说下一步该怎么办！"

狐狸继续意味深长地说道："这件事，还需要一位去引开杂技团的人。"

狐狸话音刚落地，狗熊立刻拍着胸脯说："这件事就交给我老熊！"

狐狸看了它一眼，摇了摇头，伸出一只小爪子，露出中爪，有些不屑地说道："你要是真的出现，等着你的怕就是猎枪了！"

狐狸的话和举动差点把狗熊气晕过去，狗熊举起它的大爪子，正要拍向狐狸，狐狸早就防着狗熊的大爪子，一下溜到熊猫妈妈身后，探出小脑袋做了个鬼脸。狗熊不依不饶地几步上前。娇娇连忙道："熊大哥，狐狸话糙理不糙，我看这事还是我去吧！我们熊猫可是国宝，我的分量一定够。"

狗熊听言垂头丧气地收回大爪子，低着头走到一边，心里却是给狐狸记上了一笔。

团团一听要让妈妈陷入危险中，不假思索地喊道："我觉得还是我去比较好，一看我就是只小熊猫，人们不会惧怕我，为了抓住我，他们一定会追着我跑！"

狐狸也觉得团团比熊猫妈妈要更好点。熊猫妈妈却不愿意让孩子去冒险。团团看出妈妈心里的担忧，安慰道："妈妈，你忘了爸爸说过的话吗？我现在可是团团头领，这样的事自然就该我去了！"

孩子都这么说了，娇娇只得点头。圆圆心里很想去，可又有些胆怯，刚好自己受了伤，这是一个很好的借口，但是哥哥都已经开口了，自己怎么也得表现一下。"妈妈，妈妈，我也要和哥哥一起去！"

团团白了它一眼，"你身上有伤，就别跟着添乱了！"

圆圆立刻闭嘴，反正自己的心意已到。

猴妈妈见自己儿子都有了任务，却没有自己的任务，急了，"狐狸，狐狸，那么我该干什么？"

狐狸看了一眼它和狗熊，"你们在外围负责接应，熊猫妈妈也是。小鹿就不用去了。"

小鹿一听没有自己，急了，"那我干什么？不会也在这里待着？"

狐狸很是得意地看了它一眼，"我是总指挥，自然要去现场！"

村头坝子上，小女孩一个人默默地收拾着各类明天要用的道具。瘦子老于手里拿着一个面包和两根火腿肠走了过来，伸手摸了一下小女孩的头顶，"小松，饿了吗？饿了就休息一下，先吃点东西，这些活先放着，等明天人都到了再一起干！"

小松没有说话，接过瘦子老于手里的面包和火腿肠，在一边的箱子上坐下。

老于见状也坐在了她的身边，伸手把住她的肩膀，"孩子，明年你就8岁了，爸爸会送你去上学，不会让你再跟着我这么到处漂泊的。"

听言，小松眼里有了泪光，她小学只读了半年，就被父亲带着离开了家乡。"爸爸，他们不是好人，咱们不要跟着他们了。"

老于头看着跟着自己奔波了一年、吃了不少苦的女儿,心头一阵难过,"小松你不要恨爸爸,爸爸也是没有办法,谁让爸爸欠着他们的钱,又被他们找到了呢。"

"老于头,老于头,老大找你呢!"

远处传来疤脸的喊声。老于头立马站起身,"小松,你先吃着,爸爸过去看看!"

老于头走后,小松看着手里的面包和火腿,过好一会儿,才动了一下,然后起身走到关着猴爸爸的铁笼子外,把一根火腿肠剥开,递到低头坐在笼子一角的猴子爸爸面前。平日里对火腿肠情有独钟的猴子爸爸,却连头都没有抬。小松把手伸进笼子,抚摸着猴子爸爸的头,"猴哥,别难过,明天他们就不会再关你了,但是你要听话啊!快吃,吃饱了才有力气敲锣。"

猴子爸爸自打见着自己的妻儿后,就不在状态了。尽管平日里这个小姑娘很照顾自己,但这会儿它真的是没有心情理会她,因为现在,它满脑子都是自己妻儿的影子。

小松心里不由得就担心起来,"你这是怎么了?是遇上什么事了吗?"

猴子爸爸突然抬起头,看着小松关切的目光,眼里有了泪水。猴子爸爸眼里的泪水触动了小松内心柔软的一角,"别难过,我知道这么关着你,是委屈你了。"说完她抬头看了看眼前的青山绿水,眼前突然一亮,"猴哥,你看这里的山水多好啊,你想不想留在这里?"

猴子爸爸立刻点头,小松见状很是激动,"哇,你能听得懂我的话?"

猴子爸爸又点了点头,眼里露出了感激。

小松伸手揉了揉它身上的毛,"既然你愿意留在这里,我一定找机会放你回归大自然!那这面包和火腿都给你,吃饱了才有力气逃跑!"说完还朝着猴子爸爸笑着眨了眨眼睛。

山林中,计划周密后,大家静静等待着夜幕降临。圆圆心里很是忐忑,虽说是因为自己受伤不能去,但它还是怕大家认为它自私。一边的团团不停摸着腰间的鞭子,不知道今天能不能用上,说不害怕是假的,但又不敢让大家看出它内心的胆怯。

娇娇看见团团在摸腰间的鞭子,心里担心团团会拿出鞭子挥打人类,毕竟这是人类的鞭子,不知道对人类是否也能起作用。

"团团,你害怕了吗?这条鞭子不到危急关头切莫使用!一旦让人知道你有这么一条鞭子,会给我们带来更大的危险！"

团团抬头眨着一双乌溜溜的大眼睛，"妈妈，我不怕，我就是摸摸，想让爸爸给我一点力量！"

团团坚定的语气，让娇娇心里得到了安慰，但是团团提到了爸爸，又让娇娇陷入痛苦中。

圆圆以为妈妈是在担心哥哥的安全，低声说道："团团就你逞能，我就不相信了，这地球少了你还不转了？看你把妈妈给愁的！"

圆圆的话打破了母子俩的沉寂，团团立刻回敬道："圆圆，你忘了你是怎么被救上来的吗？要不是小猴冒险下去救你，你怕是早就被盗猎者给抓走了！"

小时候，圆圆就有些自私，娇娇没觉得有什么，这会儿听圆圆这样说，觉得圆圆是被它们给惯坏了，可是它还没有开口，圆圆已眼泪汪汪地看着自己。

"团团怎么说话呢？你是哥哥，圆圆有错你该指正，怎么可以这样说自己的妹妹呢？你忘了你爸爸是怎么对你说的吗？"

团团话一出口就有些后悔，妈妈这样一说，它低下了头，"妈妈我错了。"

娇娇没有说圆圆，圆圆心里却是更加不安起来，"妈妈，妈妈,我只是关心哥哥,没别的意思。"

娇娇伸出爪子摸着圆圆的头,"孩子,关心哥哥是对的,但我们现在是个大家庭,需要同心同力,互相帮助,如果大家都像你这样,自己顾着自己,那我们是到不了想去的地方的。"

圆圆对妈妈的话不以为然,嘴上却说:"妈妈,我知道啦!"

入夜,坝子里临时搭建的一个帐篷里,胖子、疤脸、老于头三人喝得已经有些头晕眼花,小松打着呵欠坐在一边,困得头一拽一拽的却不敢离去。好不容易等着胖子"咕咚"一声倒在地上,小松被惊醒。老于头和疤脸七手八脚地一起把胖子弄上临时搭建的床,两人也挨着倒了下去,小松给自己父亲拉了条被子盖上,却没有管那两货。

小猴倒挂在树上,一直盯着亮着灯的帐篷,耳朵听着里面的动静,听见里面呼噜声四起,正要下去时,帐篷帘子动了,它又停了下来。

小松嘴里打着呵欠往自己住的帐篷里走去,进去一下子就瘫倒在一个铺着单薄褥子的大箱子上。

小猴又停了一会儿,见眼前再无别的动静了,立刻麻利地下了树,往帐篷里跳去。小猴记住妈妈的交代,要去摸那个胖子的钥匙,好不容易把胖子的钥匙解了下来,小猴心里又有些不放心，看见老于头和疤脸腰上都有钥匙，就顺手也解了下来。小猴拿着钥匙小心地往帐篷外退，一不留神，脚下踩到了地上的酒瓶，一滑，手里的钥匙掉落在地。

疤脸翻了个身吼道："小松，信不信，你再给老子弄出一点动静，老子就把你扔到深山老林里去喂狗熊！"

小猴吓得一下趴倒在地，好一会儿，见疤脸没有再动，立刻拿起地上的钥匙往帐篷外飞快窜去。

团团不放心小猴，一直不远不近守着小猴，这会儿见小猴从帐篷里窜了出来，才松了口气。

小猴捧着一大堆钥匙，找到关猴子爸爸的铁笼子，"爸爸，爸爸，你是爸爸吗？"

猴子爸爸刚迷糊着，隐约听见有呼唤声，猛地睁眼，看见一只小猴子手里捧着一大堆钥匙站在笼子外，眼泪汪汪地看着它。猴子爸爸纵身而起，来到笼子边，伸手抓住了小猴，唯恐自己是在梦中，"是涛涛吗？"

小猴一个劲地点头，手里的钥匙再次滑落在地，伸出爪子和猴子爸爸抱在一起，"爸爸，爸爸，我终于找到你了！我这就救你出去！"小猴猛地记起自己的使命，记起狐狸和大家的叮嘱，松开自己的爸爸，低头拿起钥匙，看着这么多钥匙，小猴有些傻了，这到底是哪把钥匙啊？小猴急得要哭了。

猴子爸爸也想逃出去，可是一看这么多钥匙也有些懵了，见涛涛急得没奈何，心想这么多钥匙要是一个一个试，怕是最后它们父子俩都会被抓。

"涛涛，你不要管爸爸了，赶快回去找你妈妈！"猴子爸爸觉得能见到自己的孩子，还能抱抱它已经是最大的满足了。于是，伸出爪子推着小猴，让它迅速离开。

小猴怎么可能放弃救出爸爸的机会呢，它拿起钥匙开始挨个试，一串试完了没有，开始试第二串。

疤脸起夜，小猴停止了动作，谁知疤脸尿完却不回去，竟然拿出一根烟点燃抽了起来。团团急了，笼子离疤脸就几步路，尽管小猴躲了起来，但只要疤脸一回头还是能看见小猴，当然这些小猴是不知道的。情急之下，团团从躲藏之处现身，慢腾腾地往疤脸那边走去。

疤脸吸了一口烟，突然发现不远处灯下，一个黑白的小东西正在往它这边走来，他连忙揉了一下眼睛，只怕是自己眼花。那小东西越来越近，疤脸眼里有了惊喜，竟然是只落单的小熊猫。怕惊动小熊猫，疤脸转身便往回奔，不一会儿，老于头和胖子都跟着跑了出来，那个小熊猫大概是发现它们了，迅速往回跑。

胖子这一年来，吃苦受累，在这一片活动，就是为了能偶遇一只熊猫,让它发一笔大财,立时大喊道:"都傻愣着干什么啊?还不给我上前去追!"嘴上喊着率先追了出去。

小松听见了胖子的喊叫,立刻起身往外走去。

团团引开了那些人,小猴颤抖的手立刻开始试第二串钥匙。猴子爸爸又听见了脚步声,伸手去推小猴,"涛涛,不要管我了!快走,快走,有人来了!"

小松一眼就看见笼子里和笼子外的大猴子和小猴子,开始还以为是马戏团的小猴子,定睛一看却不是,快步走了过去。看见笼子里的大猴子正在推着外面的小猴子,小猴子却拉着栏杆不松手,一个小爪子里还抓着一串钥匙。

"猴哥,难道它是你的孩子?"小松问道。

小猴猛然跳起身来攻击小松,小松的手被抓出了血痕,猴子爸爸迅速抓住了小猴的第二次出击,"涛涛不要胡来,她是我们的朋友!"

小猴停止了跳跃,双眼戒备地看着小松。小松忍着手上的剧痛,对着猴子爸爸说:"看来它真是你的孩子,快让它把手里的钥匙给我,我来给你打开笼子!"

猴子爸爸眼里立刻有了希望之光,"涛涛,快把钥匙给她!"

涛涛怯怯地把钥匙递给了小松,小松立马找出了钥匙,打开了笼子。猴子爸爸冲出来就抱住了自己的孩子。小松在一边看着眼圈泛红,"快带着你的孩子走吧!走得远远的,不要再让他们抓住你!"

猴子爸爸抱着小猴往前跑了几步,担心放走自己后小松的安危。小松看懂了猴子爸爸眼里的担忧,"快走吧!不要担心,别忘了这里也有我的爸爸!"

小猴虽然听不明白,但心里也满是感激,朝着小松用力地挥了挥小爪子。老猴子抱着小猴迅速往坝子外奔去,小松挥动着手,努力忍着不让眼里的泪水滑出来。

第十四章节　解救小松

团团使出全力往山脚边跑，树上的猴子妈妈看见往这边奔跑的团团，知道猴子爸爸一定是被救了，眼睛盯着团团跑过了它占据的大树后，把手里的蛇扔了出去。一条蛇落在了胖子的肩膀上，胖子起初以为是根树枝，手一抓，滑溜溜的，手电筒灯光一照，大叫着软了下去。

原本等着出手的狗熊和熊猫妈妈见自己还没出手，追来的人已经七手八脚抬着吓昏过去的人退了回去，连忙回身去追团团。

大家在山林里会合后，猴子一家才赶了过来。小猴激动地拉着猴爸爸的手向大家介绍道："这是我爸爸……"

圆圆远远地望着，一脸羡慕。团团和大家都送上了自己的祝福，热闹了一会儿。娇娇觉得它们已经暴露，不适合再在这里停留，于是大家连夜离开了它们滞留了好多天的山谷。

胖子醒来，看见老于和疤脸，立刻问道："抓住熊猫没？你们抓住熊猫没？"嘴上说着，一把抓住离它较近的老于头的衣襟。

小熊猫就这样从它们眼前跑了。老于头和疤脸也是蛮心疼的，那可是红红绿绿的钞票啊！小松见自己父亲被人抓住了，也不反抗，在一边开口说道："熊猫跑了！"

胖子听言抬起手就给了老于头一个大嘴巴，"废物，跑了我的熊猫，我就拿你的女儿换钱！"

老于头被打得一阵天旋地转，好一会儿才回过神来，心里恨得要死，脸上却是不敢有任何不满。疤脸生怕波及自己，连忙退后了一步。

胖子没打算放过疤脸，指着他的鼻子吼道："快去给我找！快去给我找！"

3人在山里转了一个晚上，累得精疲力竭，仍一无所获。天亮时回到坝子里，又发现笼子里的老猴子不见了，胖子立刻把火烧到小松身上，"你这个吃里扒外的丫头片子，看老子今天怎么收拾你！"嘴上喊着手已经举了起来。

老于头连忙上前挡在小松前面，低声哀求道："老大，老大，这猴子不见了，您也不能把这火撒在我女儿身上啊！"

疤脸怎么会放掉这个能转移胖子怒气的机会呢，在一边添油加醋、阴阳怪气地说道："不是你女儿，难道是你这个老家伙？别忘了，你可还欠着咱们老大几十万呢！"

疤脸的话成功挑起了胖子的怒火。"老于头，怎么你还想反吗？疤脸，把这丫头给我绑了，什么时候老于头探到熊猫的下落，什么时候我再放了这丫头。"

疤脸一听不用自己钻山林，立时喜上眉梢，连忙上前一把把小松拉了过来,"老于头,我劝你还是听老大的话吧!你可是和老大签字画押的,你不怕老大把你女儿卖到澳门,你就乱来吧!"

老于头还是有两下子的,也知道自己双手难敌四拳,即便是胖子这会儿在被警察追逃,只要他一个电话,他们爷俩也就没有了活路。老于头现在很后悔把女儿带在身边,那时候只想着女儿自小跟着自己学艺也有两手,出来也能帮自己一下,没想到还是被胖子的人找到了。"小松,你要听话啊!爸爸一定会救你出去的!"

小松见自己父亲就要把自己扔在这里,急了,"爸爸,爸爸,你不要把我一个人扔在这里啊!求您了!小松以后什么都听您的!"

胖子见老于头这就要走,突然记起他来这里的目的,想到这台子已经搭起来了,怎么也要把这两天撑下去,要是他们这就走了,一定会引起这里村民的怀疑。"老于头,你的人天明要是到不了,这台戏明天就你们爷俩给老子来演!"

老于头这一听,不是让自己立马走,心里松了口气,"放心,它们一准天明就到!"

猴子爸爸的加入,让动物们对回到卧龙更有信心了。走着走着,团团看见猴爸爸一脸的忧郁,便开口道:"小猴,你爸爸这是怎么了？"

小猴被团团这么一问，小爪子挠着自己的脑袋，"我也搞不明白，人类有什么让我们可担心的？可是我爸爸就是担心那个帮助过我们的小女孩，这都和我们叨叨一路了，想回去看看那孩子。我妈妈不同意，它们为了这件事正闹意见呢！"

团团看了一眼，刚刚团聚就又开始闹意见的猴爸爸和猴妈妈，想着它看见的那个小女孩，觉得猴爸爸的话也是有些道理的。突然脚下一歪，坐在了地上，"哎呦哎呦"地叫了起来。小猴一听，眼里有了笑意，知道团团这是想干什么了。

团团不能行走，动物们只得停下来，娇娇觉得它们已经走出了一段路程，应该没有什么危险了，便招呼大家休息。

团团倚在一树干上假装睡觉，脚踝糊着狐狸弄来的草药。

小猴看了看周围的动物都在休息，悄悄地凑了过来。"团团，团团，别装睡了，有什么计划赶快说出来！"

团团眯着的眼睛睁开一条缝，"嘘，能不能小点声！被我妈妈知道了，咱们就什么也做不了了！"

小猴挨着团团坐下，眼睛四下看去，"放心，我都看了，跑了一夜，大家都累了，在休息。"

团团挥了挥爪子，小猴连忙把耳朵凑了过来，"你想不想让你爸爸妈妈和好？"

小猴连忙点头。

"今晚咱们回去一趟，看看那孩子怎么样了？"

团团这样一说，小猴立时来了精神，不过还是有些担心，"咱们不用告诉一下我爸爸？"

"不用，还是不要让它担心了！"

团团坚定的语气给了小猴信心。

坝子上，夜幕降临，白天表演的小松再次被疤脸关在了车厢内，胖子这么做就是为了控制老于头。老于头隔着厢式货车留出的小窗口，把面包和火腿肠递了进去，可是一连喊了好几声，也没有听见小松的应答，他有些急了。

小松白天被胖子逼着反复地上台表演，也没有吃到什么东西，又饿又累。但她却是一声不吭，不想让自己父亲担心，一进车厢，就疲惫地睡了过去。

老于头找来扳手把门上的锁给撬开了，小松被惊醒，以为是胖子他们又要干什么坏事，小身子使劲地包成一团，戒备地看着门边。当她看见是爸爸时，爬起来几步便扑进父亲的怀里"呜呜呜"地大哭起来。"爸爸，爸爸咱们离开这里吧！就是要饭，小松也愿意跟着你！"

老于头搂着女儿瘦弱的、哭得发颤的小身子，心被女儿的哭声揪成一团，一咬牙说道："走，爸爸这就带你走！"

"想走？老大早就防着你这一手呢！"疤脸阴笑着出现在车厢门外。

老于头一看，这不说是和胖子一起去镇上喝酒的疤脸吗？才知道自己又中了圈套了。"疤脸，你想干什么？还有，你是哪只耳朵听见我说要跑路？"老于头说着话，眼里露出了凶相。

疤脸戒备地往后一跳，嘴里喊道："兄弟们上，把这对父女都给老子绑了！"

"疤脸，你咋这么没大没小的，谁给你的权力？老于头，不要和这傻货一般见识，来，来，来！你看，我给你找来了啥？"胖子教训完疤脸一闪身让到了一边，一条猎狗出现在他身后。

老于头看见猎狗，知道胖子这是要让他出发了，"老大，我能不能明天一早再走啊？"

胖子满脸堆笑，点着头，"可以，可以，老于头，也不是我故意刁难你，让你吃苦头，你不是猎户出身吗？这跟踪是非你莫属啊！别傻愣着了，这送行酒我都给你备好了。"说完朝疤脸一使眼色，疤脸就要上车厢。

老于头怕疤脸伤害到自己的女儿，连忙对女儿说道："孩子，等着爸爸！"说完一跺脚，使劲地掰开小松抓着他衣服的小手，几步跳下了车厢，车厢的门再次被锁上。

黑暗中小松流着泪吞咽着面包,她知道爸爸是爱她的,这就足够了。

"臭丫头,不要想着跑,你们也跑不掉的!"疤脸在外面喊道,往前走了几步,想到那只逃离的老猴子,不放心又回来,站在车门边喊道:"你要跑路,也要想想你爸爸,如果你跑路了,我们就让你爸爸在山里喂野兽!"说完这些,疤脸这才放心地离开了。

小猴在树上跳跃着往回路跑,团团滚圆的小身子在地下飞奔着,这速度一点不比树上的小猴慢,小猴被震住了,"团团你这滚圆的身子,没想到还能跑这么快?"

团团没减慢奔跑的速度,也没理会小猴的喊话,突然听到后面有动静,立刻闪到一棵树后。

白日里团团和小猴的话,刚好被恰巧在树上的圆圆听见了,圆圆并没有把这件事告诉妈妈,而是悄悄跟着来了。一眨眼,团团不见了,胆小的圆圆看着周围漆黑一片,急了。"团团,团团,小猴,你们在哪里啊?再不出来我就回去告诉妈妈了!"

团团早就看见了月光下的圆圆,以为它们的行踪被发现了,这会听了圆圆的威胁才知道,圆圆这次并没有告状,这才一闪身出现在圆圆面前,"圆圆,你咋跟来了?"

小猴也从树下跳了下来,一脸戒备地站在团团身边。

圆圆是一冲动就跟着跑了出来,这会儿心里还真是有些后悔。心里害怕,但却不想让眼前这两家伙看出来,底气不足地说道:"你们必须带上我,说不定还有用得上我的地方呢!"

小猴平日里就瞧不起圆圆的胆小。"团团,还是叫你妹妹回去吧!它速度那么慢,咱们没有时间耽搁的!要早去早回的!"

圆圆急了,"小猴,你,你,你怎么这样说话啊?"

团团也不想带着圆圆,可这回见自己妹妹委屈得说话都开始结巴了。"小猴,要不咱们带上圆圆吧!你看它不是在后面也跟上咱们了!"说完鼓励地看了一下自己的妹妹。

团团这样说了,圆圆心情立即变好了。小猴没有说话,几下又蹿到树上,扯着树梢往前跃去。

团团和圆圆两个黑白团子在地下也往前快速奔去。

老于头在胖子的两个同伙的陪伴下,来到货车箱旁,打开车箱门,"小松,小松……"

"爸爸……"小松嘴里喊着爸爸扑了过来。

老于头在车厢下接住了女儿,看着女儿脸上未干的泪痕,老于头心里一阵难过,抚摸着女儿的头,"孩子,委屈你了。"

说完拥着女儿的肩膀往放道具衣服的帐篷里走，那里也是小松临时休息的地方。

帐篷里一个道具箱上摆了几样菜，父女俩面对面坐下，老于头见那两个人还站在身后不走，突然一脸凶相地看着他们吼道："二狗，铁蛋，平日里叔待你们不薄吧？叔也不想为难你们，我就想单独和我的女儿吃顿饭，你们就给叔行个方便，到帐篷外去可以吗？"

二狗和老于头是一个村出来的，听了老于头的话，拉了拉依旧黑着脸的铁蛋，两人走到了帐篷外。

老于头拿起一个鸡腿递到女儿面前，"孩子吃点吧，心里再难过也不能不吃饭。"

小松看着自己的父亲，接过鸡腿开始狼吞虎咽，其实她心里难受得要命，现在什么都吃不下去，这样的狼吞虎咽只是为了不让父亲为她担心。想着吃了这顿饭，就要和父亲暂时分开了，小松心里真的是很害怕。

"孩子，慢慢吃，别噎着！他们已经答应我了，等我一离开，他们就不再捆着你了。"老于头说着说着，自己都不知道该说什么了，只觉得自己真是无用，连自己的孩子都保护不了。这么想着，拿起面前的一瓶酒，咕嘟咕嘟地灌了起来。

小松起身走了过去，一把夺过老于头手里的酒瓶，"爸爸，你放心去吧！虽然我清楚他们要你干什么，但是，请一定要记住，这里还有小松在等着你回来！"

女儿乌溜溜的大眼睛装满了她这个年纪不该有的忧伤。老于头只觉得自己夺走了女儿的快乐，猛地一下起身，朝外面走去，小松追了几步，又停了下来，回到箱子前，默默地开始吃东西。

午夜团团它们才到了坝子外围，圆圆看着远处幽暗的灯光，突然就有些打怵起来，行动也就慢了下来。团团则瞪着乌溜溜的大眼睛看着前方，对小猴说道："再等一会儿，等它们都睡实点，我们再过去，然后分头找那个孩子。圆圆，记住是个圆脸、个子不高的小女孩哦！"

回头一看，才发现圆圆离着它们还有一段距离，知道它这是害怕了，想了想又说："圆圆你没见过那孩子，要不你就在这里等着接应我们好了！"

圆圆连忙点头。

团团和小猴踏着夜色往灯光中奔去，圆圆独自待了会儿，有些害怕，便朝着团团和小猴去的方向奔去。

而此时的老于头怕清晨和女儿告别难受，便连夜带着二狗、铁蛋，还有一条猎狗进了山。二狗和铁蛋虽然手里都有猎枪和麻醉枪，心里还是有些发毛。猎犬带着他们沿着动物们前行的足迹追去,也还好团团它们夜里也是不辨方向,没有原路返回,否则很可能就会撞见。

坝子里一共有5个帐篷,3个小的,两个大的。团团和小猴分头行动。胖子和疤脸的帐篷里灯没有熄灭,却是鼾声一片,团团掀开帘子看了一下,没有孩子,接着又掀开下一个,等它这边的3个帐篷找完,却没有了小猴的影子。

小猴掀开第一个帘子,就看见被捆着躺在笼子边的小松,还好这个帐篷里只有这孩子一个人。小猴连忙上前,去解捆着小松的绳子。小松被弄醒,一看是一只小猴,还以为是马戏班的那只小猴,仔细一看发现不是,"啊,是你这个小家伙!你爸爸呢?不会你爸爸也来了吧?这里的坏家伙正到处抓你们呢,你们还回来干什么?"

小猴听不懂小松讲什么,但是知道她对它没有恶意,便继续扯着她身上的绳子。小松知道这是来救自己了,心里有些感动。见小猴子解不开绳子急得眼圈都红了,摇了摇头说:"小猴,你慢慢听我说,只要静下心来,我相信你能听懂我的话。这绳子你是解不开的……"

团团一掀帘子看见了小猴和小女孩,紧张的心松了下来。小猴看见团团,立刻回头朝它招手,吱吱地叫着,"团团,团团,这绳子解不开啊!这可咋办?"

正说着话的小松突然看见一只可爱的小熊猫,先是一惊,然后就想起这两天胖子和自己父亲的举止,立刻明白他们要让她父亲干什么了。"小猴,小猴,快带着你的朋友走,再不走就来不及了,这里还有一条专门用来抓你们的猎狗,要是被它闻出味来,你们就真的跑不了了!"

团团很奇怪自己竟然能听得懂小女孩的话,一愣之后,在屋里找可用的家伙,看见一把小刀,立刻拿了刀上前去割绳子。

圆圆见团团和小猴都进去了这么久还没回来,心里有些着急,一点点往前靠,最后上到离帐篷不远的一棵大树上,继续观望前方。

疤脸从噩梦中惊醒,想到梦里的情景,一翻身爬起来出了帐篷,直奔小松睡的帐篷。

团团用刀一点点割开小松身上的绳子,却发现小松的脚上还有一根铁链子,一头拴着小松的脚踝,一头拴在一边的铁笼子上。它和小猴一下子都傻了眼。

小松手能活动了,抬起手摸了摸团团肚皮上的毛,这才有了真实感,"谢谢你了小熊猫!这个可是刀子割不开的,即便是你们打得开,我也不能跟着你们走,因为我爸爸还在他们手里,我要在这里等着他回来。"

团团听懂了,看小猴没明白,立刻把小松的话复述了一遍,小猴一听小松要等她爸爸,知道这是真的不能和它们一起逃了。

疤脸睡眼迷离地走到小松的帐篷外,听见里面有动静,立刻把脚步慢了下来,悄悄上前,掀开帐篷帘子的一角,这一看,惊得差一点坐在地上,还以为自己是在梦中呢!使劲掐了一下大腿,才知道不是在梦中,立时喜上眉梢,眼前浮现出大把大把的钞票。脚下轻轻地往后退,打算回帐篷叫上胖子,拿来麻醉枪,毕竟这里还有很多马戏班的人,抓熊猫这可是件大事,不能让人发觉。正在这时,疤脸只觉得被什么猛地一扑,然后就一个狗吃屎趴倒在地,接着他的头就被一个毛茸茸带着热气的东西给压住了。

团团和小猴听见外面有动静,连忙冲了出来,一看圆圆的大屁股正坐在一男人的头上。圆圆见着它们立刻说道:"快点,快点,被发现了!咱们得赶紧离开!"

疤脸被压得喘不过气,眼看着要晕过去了,头顶上的软毛突然离开了,搞不清状况的疤脸便开始装死一动不动地趴在原地。

小猴和团团掀开帘子看了看里面的小松,朝她挥了挥爪子,便开始撤离。疤脸一看又多了一只小熊猫,心里是一阵狂喜,见熊猫要跑,顾不得起身,伸手抱住了一只熊猫的腿。圆圆的腿被抱住了,急了。团团一回头看见圆圆被困,立刻对小猴说道:"你先走,我去救圆圆!"

第十五章节　为救圆圆团团被抓

团团回转身跑过去拉圆圆，可是疤脸却抱着圆圆的腿不松手，团团挥起它的大爪子就要拍下去，想起妈妈说的话，不能轻易伤害人类。焦急中想起圆圆用屁股坐住地下这家伙的一幕，也学着一屁股坐在疤脸的头上，疤脸只得松手。

圆圆爬起来就往前跑，团团见圆圆跑远了，也起身往前跑，身上似乎被扎了一下，然后就全身不能动了。

胖子走过来，踢了一脚还在地上被两只熊猫压得快背过气的疤脸。"蠢货，还不赶快给我起来！把这个家伙弄上车！"

小松急得在里面挣扎，铁链子哗啦啦直响，胖子生怕引起还在沉睡中的人们的注意，快步走了进去，"不想让你爸爸死，就给我管好你的嘴！"

胖子从疤脸的口中知道有两只小熊猫，心头一阵狂喜，这下是真的要发大财了。两人连夜找地方把熊猫藏了起来，因为表演还要继续，最关键的是胖子认为，既然一下出现两只小熊猫，那说不定就还有第3只，第4只。

天亮时，猴妈妈找不见小猴，急了起来，熊猫妈妈这时也发现自己的两个孩子都不在，听了猴爸爸的话，熊猫妈妈觉得这3个小家伙一定是回去救人了。大家又急急地往回走，老鹰探得一条捷径，虽然路不好走，但是节省时间。

等老于头他们到时,已经是下午了。猎狗竟然又带着他们往回走。老于头担心这条狗鼻子出了问题,正焦虑中,疤脸来了电话,让他赶紧带着猎犬和人回去,还说熊猫就在他们附近。

熊猫妈妈它们赶回去时,坝子里头已经没有了那些帐篷,也没有了人。因为不明情况大家都不敢靠近,老鹰带着小燕子在空中盘旋,查找团团圆圆的下落。空中看见奔跑中的圆圆和小猴,老鹰从空中落下。圆圆看见老鹰和小燕子,知道自己妈妈它们回来了,还没等老鹰问话,就喊道:"鹰大哥,小燕子,快去告诉我妈妈,团团被人装在那个厢式货车里拉跑了!"边说边气喘吁吁地往前狂奔,而小猴已经早就没有了影子。

老鹰对小燕子说道:"你飞回去给大家报信,我继续追踪!"

小燕子立即往回飞,老鹰追着奔跑中的圆圆喊道:"圆圆,你在这里等着你妈妈它们,可别等它们追上来却找不到你!"老鹰见圆圆还是不肯停下来,继续喊道:"圆圆,团团有我去追,你放心,我一定帮你把团团找回来!"

圆圆也是奔跑了一夜又一天了,公路上的车早就没有了影子,它听了老鹰的话也就不再坚持跑了,瘫坐在地上。

因为怕泄密，胖子不得不提前收场，解散马戏班成员，并说以后有演出再联系大家。胖子还大方地给了大家一笔遣散费，马戏班的成员拿着钱高兴地离开了。

胖子把处于麻醉之中的团团用链子锁着，和捆着的小松一起关在了后车箱内，带上小松，一是为了牵制老于头，二是害怕这个孩子管不好自己的嘴。至于那只小熊猫，他已经电话交代给了老于头，由他留下来继续找。他现在要赶快把手里这只熊猫变成钞票，担心熊猫放在手里会夜长梦多。

老于头半路上就接到胖子的指示，让他带着猎狗，回到原地继续找寻那只小熊猫的下落。当他们赶到的时候，熊猫妈妈它们已经跟着小燕子去追赶团团它们了。老于头他们带的猎犬虽然再次嗅到熊猫的气息，可是三人疲于奔波，实在是没有精力去追赶了。老于头心里担心自己的女儿，也不愿意再次进入大山，随口就说休息一晚再走。两个累得快瘫了的家伙立马就同意了。

小猴累得快瘫倒在地时，终于看到山下停在路边一家小饭店的那辆厢式货车，心里想，还好自己没有放弃！它喘了口气，正要下山去营救自己的朋友，老鹰出现在上空，在厢式货车上盘旋了几圈后，看见了在树上跳跃着往这边奔来的小猴，立刻俯冲而下直奔小猴。

"涛涛，涛涛，快停下来！你现在下去，非但救不了团团，还会和它一样被抓！"老鹰落在小猴落脚的树枝上，喘息着对小猴说道。

小猴一看见老鹰，眼里的泪水就止不住地往下落。"鹰大哥，都是我不好，我不该鼓动团团去救那个小女孩！"

老鹰挥了挥翅膀说："涛涛，吃一堑长一智，咱们是一个团队，以后在做什么事之前，一定要先和大家通个气！"

老鹰的话，让小猴心里更加不好受。小猴低着脑袋十分自责，老鹰也觉得自己的语气有些重，立刻转换语气，"涛涛，你也不要难过了，你在这里等着我，我这就回去把大家带过来，一起救人。切记，只能远观不能近前！"

小猴点了点头，老鹰挥动着翅膀飞走了。

麻药劲过去了，团团醒了过来，动了动四肢，发现自己被捆着。小松看见团团那边在动，她虽然也被捆着，但只捆住了手，脚是自由的，便几步走到团团面前。此时的团团已经明白了自己的处境，看着小松和自己一样被捆着，但还是戒备地把身子往后靠了靠。

小松只觉得是自己对不起这只可爱的小熊猫。要不是为了救她，它也不会落入这帮坏人之手。"别害怕，我会想办法救你出去的！"小松这样说着，使劲想解开身后的绳子，可纵使她挣扎得满头大汗,绳子还是在身后的手上纹丝不动。小松有些泄气地苦笑着看看团团,一屁股坐在团团身边,"对不起!我挣不开这个绳子,绳子和他们以前系的不一样,现在就只有期待有人能发现咱们了。"

团团虽然不能和小松交谈,却能听懂小松的话,感激得用毛茸茸的身子碰了碰小松。小松心中一阵欣喜,用头拱了拱团团肚皮上的毛毛。

一辆黑色桑塔纳轿车停在了小店外。胖子和疤脸,还有他们的另一个同伙吴三,在小店的窗户外看见了。胖子连忙对吴三低语:"快去看看那只熊猫醒了没,如果清醒了,就再给它一针!还有,记得再威胁一下那个小丫头,如果她弄出一点动静,我就让她见不到她爸爸!"

吴三点头快步往外走去,与从桑塔纳车上下来的一对夫妇和一个七八岁的小男孩,碰了个正面。

"爸爸,这个人不是好人!"吴三过去后,小男孩对自己父亲悄悄说道。

爸爸还没有说话,妈妈却开了口:"南南,你又胡说些什么呢?以后不许你再看《名侦探柯南》了,看得你这脑袋都有些不正常了,见谁都像是坏人!"

小男孩朝着自己的母亲吐了一下舌头,也找了个靠窗的位置坐下，目光却依然放在吴三身上。

吴三拿着个黑包走到车厢后面，左右四顾看了一下，这才打开了车厢门。

小松听见外面有动静，立刻对团团说道："快，快，装睡！要不他们又要给你打麻醉针了！"嘴里说着连忙回到自己的位置上，靠着车厢假眯起来。

吴三爬上车厢，先走到熊猫面前用脚踢了几下，见小熊猫依旧闭着眼睛酣睡。转身又到小松面前，踢了几脚小松，小松揉着双眼醒了过来，当看见吴三时，吓得身子缩成一团。"臭丫头，老大让我告诉你，你最好不要有什么别的想法，否则你就再也见不到你爸爸了！"

想到自己的爸爸，小松眼圈立刻就红了起来，使劲地点了点头，吴三见就这么胆小的一个小丫头，便放心地转身离去。

吴三刚坐下，南南就嚷着要去卫生间，这荒郊野外的哪来什么卫生间？南南的妈妈带着他出了小店。刚坐下的吴三还没有说话，又紧张得喘不过来气了，3人齐齐地看向窗外，孩子在路边方便完，进来坐下后，胖子他们心里才又松了口气。

小猴在靠近饭店的一个大树上，急得抓耳挠腮，等得实在不耐烦了，便悄悄溜下大树，朝饭店方向靠过去。

小松踮起脚尖往外看，看见了饭店里正埋头吃饭的南南，她很想出声喊叫，可是又怕自己再也见不到自己的爸爸。此时她真的很希望那个男孩能抬头看向这边，可是让她失望的是，男孩子都吃完饭了，却不曾往窗户这边看一眼。正在这时，小猴的小脑袋出现在另一侧，团团立马就看见了它，小猴激动地把小爪子伸进有栏杆的窗户，朝团团挥手，团团则十分着急地朝小猴使劲地眨眼，让它离开。

小松听见身后有动静，回头看见扒在窗户栏杆上的小猴，心里一阵激动，没想到这只小猴子竟然跟了这么远。几步走了过去，对着小猴说道："小猴，如果你想要救你的朋友，你就想办法让坐在窗户边的那个男孩往这边看。如果他能往这边看，你的朋友也许就会得救了。"

小猴看见小松的嘴巴一张一合，说的话却是一句也听不懂。团团虽觉得小松的办法有些冒险，但也不失为一个好办法。便把小松的话说给了小猴听，并嘱咐小猴，千万要小心自己的安全，如果被胖子它们发现了就立刻离开。

小猴落地，从车底下钻了出去，匍匐在地，往窗户边靠。聪明的小猴手里捡了一根小棍，在窗户边挥动着。小松也在密切关注着这边，小猴挥动了好一会儿，里面的男孩也没有往这边看。正当小松和小猴都要失去信心时，男孩子突然看向了窗外，小猴手挥累了正要换手，小松连忙朝它摆手，让它离去。小猴连忙往车厢这边滚了过来，钻到了车厢底下，然后几个跳跃回到了树上隐藏了起来。

南南先是看到车厢窗户内的小松，然后看见一只滚到车厢下面的小猴。等他站了起来，小猴已经不见了，那个女孩子的脸也从车窗内消失了。虽然只是几秒钟的对视，南南也看出那个女孩是在向自己求救。

胖子他们一直在注视着这边，要不是车轮有点问题，他们早就离开了。看见南南起身，3人立刻快步往店外走去。

南南对坐在他身边的妈妈说道："妈妈，妈妈，那个车厢内有个小女孩！"

南南的父母立刻往窗户外看，可什么也没看见。南南妈妈立即说道："哪里有什么小女孩？这孩子又开始犯糊涂了！"

南南爸爸点燃一根烟，也笑眯眯地说道："就是，这小子做梦都想变成名侦探柯南，不过这也是虎父无犬子！"

南南见自己的父母不但不相信自己，还笑话自己，有些气愤，突然起身往外面奔去。见孩子往外跑，南南妈妈立刻跟了上去，南南爸爸赶快去结账。

胖子往外走时，左眼睛老跳，有种不祥的预感，便对吴三和疤脸说道："去，把那个丫头给我装在里面的大箱子里，那个熊猫也是。"别的家当，胖子都撇在了路上，只留着两个变魔术的大箱子,为的就是防备路上有突发事件。

吴三刚把小松赶进箱子,关上,南南就冲到车厢外了。胖子和疤脸一脸紧张,还好小男孩的妈妈也赶了过来,一把抓住了自己的孩子。

"南南你再这么不听话,以后就不带你出来了!"南南妈妈生气地说道。

胖子和疤脸心里刚松了口气,男孩子却突然挣脱他妈妈的手,直奔车厢后面,伸手就要拉开那扇虚掩的门。车厢内的人都捏了把汗。

南南妈妈知道自己儿子的脾气,如果对一件事上了心,要没个结果,他是不会罢休的。南南妈妈对着跟过来的胖子和疤脸有些不好意思地说道:"先生,对不住!我儿子说刚刚看见这个车厢里有个女孩子。我想一定是他眼花了,可是这孩子有股子拗劲,我和他爸爸也拿他没有办法,不知道你们这里装的什么?方不方便让他看一下?这样他死心了,我们也好赶路。"

疤脸很想说不,可是胖子却觉得不可,他深知这些熊孩子的厉害,如果不让它看一眼,怕是会和他们纠缠个没完,只是不知道吴三把小松藏起来没有。心里正忐忑时,吴三的脑袋探了出来,朝他眨了下眼。"老大这是怎么了?"吴三听见外面的动静，很是着急。不过还好，小松已经被他装进魔术箱子里了。至于那只熊猫，体积有点大，加上现在已经清醒过来，虽然比起那些成年熊猫体积要小得多，可那也是一只熊猫，打麻醉针现在是不可能了。外面的人已经在车厢外面了，吴三只得把头伸了出来。不过这家伙很聪明，已把他们事先备好的饲养熊猫的衣服穿上了。

胖子见吴三穿的衣服，立刻就知道自己该怎么说了。这会儿工夫南南爸爸也走了过来，胖子见他的衣着打扮，判断他是个公职人员。虽然不知道他是哪个地方的人，但是这类人最好还是不要得罪的好。南南爸爸正要问话呢，胖子却是满脸堆笑地看着南南和南南妈妈，不急不慢地说道："可以，可以，怎么不可以！不过我们这车厢里没有什么女孩子，倒是有一只小熊猫。我们是卧龙自然保护区的，现在是带一只未成年的熊猫回卧龙。"

南南一听说车厢内有熊猫，立刻就忘了女孩的事，急不可待地往前走了几步。吴三只得把车厢门全部打开。

南南一看见被捆着的熊猫就喊了起来："爸爸，爸爸，他们把熊猫捆起来了！"

胖子一听有些恼火地看了一眼吴三。吴三胆怯地低下了头，如果真的是饲养员怎么会怕一只熊猫呢？胖子连忙补救，对着凑上来的南南爸爸说道:"同志,这只熊猫脾气有些不好,要不也不会跑出这么远,而且它已经伤了好几个人了,这不没有办法我们才把它捆了起来!"

父母都在,孩子胆子也大,扯着栏杆就要往上爬。南南妈妈一把拉住了他,"南南你要干什么?"

"妈妈,妈妈,我要上去看看!"南南嘴上喊着,心里却是在嘀咕,在卧龙他们是见到熊猫了,可那都是远远的,现在好不容易可以与一只熊猫近距离接触,他怎么会放弃这个机会呢?

南南爸爸表情严肃地瞪了一眼在和妻子闹的南南。南南立时安静下来,因为通常他爸爸这样一副表情,那就是要发火的前兆。

团团背靠着车厢壁,瞪着一双乌溜溜的大眼睛哀求地看着车下的孩子和他的父母。被捆的手脚使劲地挣扎着,弄出动静来。车厢里面有了动静,车下面的人都看向车厢内,南南的目光和团团的目光相遇,心里是一咯噔。

南南爸爸看到眼前这三个人的眉头都紧锁着,便主动说道:"我是××政府的,你们有手续吗?"

胖子这一听坏了,这卧龙保护区不就在这个县的地盘上吗?连忙拿出一盒烟,抽出一支递到南南爸爸面前,满脸堆笑地问道:"请问您贵姓?"

南南爸爸知道人家这是不相信自己,便把工作证拿出来在胖子面前一晃,"免贵姓李。"

胖子一看,这还是政府里面的大人物,背上立即渗出了汗珠子,态度恭敬起来。"哦,李同志,我们有证明的,我这就拿给您看!"心里十分庆幸自己早就准备好了这一套手续。

第十六章节　大营救之一

老鹰和小燕子在空中相遇，老鹰告诉小燕子圆圆的具体方位，让小燕子飞过去看住圆圆，自己则继续往前飞去给熊猫妈妈它们报信。

圆圆筋疲力尽地躺在草丛中，想着团团为了救自己，才落入坏人手里，心里非常自责，可自己又实在是走不动了。就想休息一会儿，就一会儿！结果却沉沉地睡了过去。小燕子找到圆圆时，圆圆正沉沉地睡着。小燕子摇了摇头，这孩子也太没心没肺了，自己哥哥身陷险境，它竟然还能睡得这么踏实！既然它的任务只是看着它，那就看着它好了。于是小燕子安静地落在一边的树上。

熊猫妈妈见到空中的老鹰，知道自己的孩子们有下落了。老鹰落在了一块石头上，把发现圆圆和小猴的事告诉了大家，也告诉了抓团团那辆车的具体位置。大家担心团团的安危，顾不上休息，继续跟着老鹰往前快速前行。狐狸累得又走不动了，小鹿只得驮着它往前奔，狐狸抱着小鹿的脖子，幸福地闭上眼睛。

圆圆一觉醒来，看见了在树枝上打盹的小燕子，以为自己错过了什么，蹦了起来。"小燕子，小燕子，我妈妈它们是不是来了？"

小燕子被惊醒,挥动着翅膀立刻飞向了空中,盘旋几圈后,并没有看见大家的影子,便再次落下来,"圆圆,它们还没有来,我们再等等。这都下午了,它们差不多也到了!"

圆圆想到自己的哥哥,有些待不住了。"可是,我们这么干等下去也不是个事,不如咱们继续往前走,反正后面有鹰大哥,它们总是会找到咱们的!"说完圆圆抬头一脸乞求地看向小燕子。

小燕子磨不过圆圆哀求的眼神,只得带着它继续往前走。

南南爸爸仔细看了胖子给他的公文,没看出什么问题,完后把公文还给了胖子。南南伸手扯了一下爸爸的衣襟,南南爸爸随即对胖子说道:"刘先生,可以让我儿子近前看看吗?这孩子来了一趟,没能和熊猫合个影,心里有些不开心。既然这会儿遇见了,可否行个方便,让孩子和这只小熊猫合个影呢?"

胖子脸上的表情瞬间凝固了。这上来近前看看也就罢了,还要拍照?胖子当即就慌乱起来。心里慌乱嘴上还是回答道:"可以,可以!吴三,看好熊猫,千万不要让熊猫伤到孩子。"

南南爸爸把南南抱上了车厢,自己也纵身上了车厢。南南小心地往团团身边靠,南南爸爸紧跟其后,他们身后的吴三和车下面的胖子,紧张得半边脸都木了。

南南在离团团不远处停了下来，蹲下，双手托着下巴。"嗨！小家伙，你真的是自己离开保护区的吗？"

团团听了南南的话，嘴巴蠕动着："我是要往保护区去就好了，大哥！"

"如果是，你就点头，如果不是你就摇头。"南南也不管团团是否听得懂，继续说道。

团团乌黑的大眼睛看着眼前的南南，摇头。

"南南，你又在那瞎琢磨啥呢？它怎么可能听得懂你讲的话？来，你不是想和熊猫一起合个影吗？快过去，我给你们拍一张！"说着话，南南爸爸拿出了手机。

南南惊奇地看着刚刚摇头的团团，"爸爸，它听得懂，真的听得懂！刚刚它摇头了呢！"

南南爸爸抬手给了儿子头上一下，"那一定是你眼花了，你的照片还拍不拍了？不拍我们就下去，叔叔们要赶路，我们也要赶路！"

南南坚持地说道："爸爸，你相信我，它真的摇头了。不信你看它眼睛，这个小家伙能听懂我的话！"

南南爸爸皱着眉头看了一眼熊猫，并没有觉得这只熊猫的眼神有什么不同，见自己儿子不肯下车，只得一弯腰抱起他往车厢门边走。南南挣扎着不愿意下去，"爸爸，你相信我，它真的摇头了……"

"南南，你再胡说八道，爸爸真的要生气了！"南南爸爸觉得自己儿子今天真是有些过了，一嗓子吼了起来。

南南的眼圈顿时红了起来，回头看着还一脸乞求地看着自己的熊猫。

没有拍照，父子俩还下了车，胖子等人心里松了口气。胖子立刻对南南爸爸说道："李同志，那再会啦，我们就继续赶路了！"尽管他们车的一个轮胎气不足，这会儿他们也不得不马上离开这里。

远处树上的小猴看见男孩子和他父亲下了车，以为团团它们有救了，心里刚松了口气，却看见那辆车竟然启动了，不一会儿就上了公路，飞快地往前跑了。小猴立刻又在树上跳跃着跟了上去，车子渐渐地远了，小猴还是继续往前跳跃。

南南一家上了车，南南独自坐在后面，侧脸看向窗外，一声也不吭。南南妈妈拿出一瓶酸奶，"南南，喝瓶酸奶吧？"

南南噘着小嘴，眼睛看着窗外，动也不动，南南爸爸在倒车镜里看见儿子的举动，心里有些恼火，"南南，妈妈和你说话，怎么不搭理妈妈？"

南南突然把脸正了过来，眼里的泪水落了下来，"你们是坏人，你们大人都是坏人！那只熊猫明明就是被那些坏人给绑架的,你们就是不信!还有那个车厢的箱子里,一定还藏着一个小女孩,我说我看见了,你们也还是不信!"

儿子是娘的心头肉,儿子哭了,南南妈妈心痛地把他拉进怀里。"南南,你不能这么不讲理,你也看见你爸爸看过人家的证明了!"

南南不再说话,趴在南南妈妈的怀里委屈得呜呜呜大哭起来。南南爸爸被儿子闹得心烦意乱的,脚踩油门,加速往前行驶。

小燕子找到了那家路边小店,可是小店外早就不见了那辆车。当即它就把这个消息告诉了圆圆,圆圆急迫地沿着公路往前追。

熊猫妈妈和大家赶到时,小燕子它们刚离开不久。老鹰在店外没有看见车,大家就继续往前追。

胖子在车往前行驶了一段路后,对吴三说道:"停车,停车!"

吴三脚踩刹车,停下了车。胖子对坐在一边的疤脸说道:"去,把那个丫头给我弄到那边村子里我们租的房子里。刚刚那件事,我越想越不对劲,那孩子怎么知道车上有个小姑娘?一定是那丫头故意暴露了自己,这丫头如今咱们不能留在车上了,万一那小子说动他爸爸再追上来,一定会发现那丫头的!"

疤脸听到要把小松丢进他们很久都没有去过的农家空屋，心里有些担心，这孩子要是出啥事情，老于头不会放过他们的。"老大，这行吗？老于头要是知道了……"

"你这么怕他？放心，我会电话告诉那家伙的！"

小松被放了出来。车继续往前行驶，小松一脸的愁容，她不知道这胖子要把她和熊猫弄到哪里去。团团已经几个小时没有吃到食物了，这对于嘴巴一刻都不停的吃货熊猫来说是莫大的悲哀。再加上它也是第一次坐车，还走了这么远，头晕得它是左右摇晃，最后倒在了车上。

"小家伙，小家伙，你还好吧？坚持住，一定要坚持住！相信我，那个男孩子一定会回来救我们的！"小松坚信那个男孩会回来救他们的。

南南哭着哭着就趴在他妈妈的腿上睡着了，突然从梦里惊醒，放声大哭起来，把夫妻俩惊了一跳。南南妈妈急急问道："南南，你又做了什么噩梦吗？"

"妈妈，妈妈，你们快救救那个小女孩和那只小熊猫吧！请你们相信我，他们真的是被绑架的！"喊完，南南仰头大哭起来，因为梦里那只小熊猫让他救救它，此时的南南也分不清哪是梦境哪是现实。

南南妈妈也被自己儿子的眼泪和执着弄得没了主意。"晋国，我看那几个也不像什么好人。保护区里面不是有你认识的朋友吗？要不咱们打电话问问？"

小松被疤脸弄到村头的一间空房子里。疤脸走后，小松很担心团团的安危，四处望，看见地上有块碎玻璃碴子。怕小松挣脱，疤脸这次把她的手脚都捆得牢牢的。小松眼见着玻璃拿不着，她灵机一动，身子在地下翻滚着，滚了过去，拿起玻璃碴子，开始努力地割着身后的绳子。

一路上胖子就担心着轮胎，果不其然，行驶中的车子只听见"砰"的一声，吴三的方向盘就有些把不住了，车子往一边歪去，差一点就掉到路边的山沟里去了。吴三刹住了车，3人额头都是汗。山沟倒是不深，但是下面全是乱石。这要是掉下去就算是死不了，也一定会头破血流。

团团在车厢内被撞得生痛，刚坐稳，后车厢门被打开了。疤脸和吴三爬了上来，一边一个拽着它往车厢门口走。团团不想离开车厢，怕它的家人找不到它，努力地往后退着。疤脸和吴三废了九牛二虎之力，把吃奶的劲儿都使了出来，才把团团弄到车厢下面。

下到地上，吴三就解开了团团爪子上捆着的链子。"疤脸，老大让我留下来看车，这个家伙就交给你了！对了，老大可是说让你带着它远离公路！"

疤脸看着瘫坐在地上的团团，愁眉不展，刚刚他们两个人都费了那么大的劲才把这个家伙搞下车，这要是往林子里面走，他就是累死，怕也是弄不动这个家伙。

"吴三，咱们一起吧！这车就放在这里也没事的！"疤脸哀求着说道。

吴三拿出一根烟来点燃吸上，一屁股坐在路边的石头上。"那可不行，万一车被偷，咱们的钞票就都泡汤了，您还是辛苦一下，自己去吧！"说完，看了一眼说是还未成年，体格却也不小的团团，一脸的坏笑。

疤脸正要收拾吴三呢，团团却听说要去林子里，自己从地上爬了起来，不等疤脸来弄它，就快速地往路边坡下滚去。

疤脸吓了一跳，跟着也往坡下滑去，吴三在后面看见笑出了声。

小猴终于又看到了拉团团的那辆车，激动地在树枝上跳跃，正要往车前的树上跳，却发现团团被带下了车。不一会儿，又看见团团滚下山坡，急得它抓耳挠腮，可又不敢轻易地上前。

疤脸一把抓住了团团身上的链子，拿起手里的一条鞭子就往团团身上抽打。团团挨了几下，伸手去拿自己腰间的鞭子，才突然想起那晚自己和小猴出来时，把鞭子放在妈妈身边了。前爪子被绳子捆着，团团疼得倒在地上缩成了团。

第十七章节　大营救之二

疤脸正打得起劲，突然手腕被人给抓住了，一回头，看见是二狗。"二狗，你不是和老于头在一起吗？难道老于头也来了？"

"疤脸，这可是咱们的摇钱树，你这样打下去，就不值钱了！"二狗答非所问地回道。

疤脸有些难堪，嘿嘿笑道："我也不想这样的，它要逃，我也就只好给它一点小小的惩戒！"

二狗不理会疤脸，弯腰去检查团团身上的伤，见没有什么大碍，这才直起腰，一拉团团脖子上的链子，说道："老于头没有来，老大只是把我叫过来了！"

二狗拉着链子，团团乖乖地跟着二狗往林子深处走去。疤脸一看这只熊猫这么听二狗的话，跟在后面是气不打一处来。

小猴远远地看见被打的团团，心疼不已。原本一个人，它就不知道该怎么对付；现在是两个人，它就更是没有办法了。小猴远远地跟着，直到看见他们把团团捆在了一棵大树上。

二狗也是连续赶路，走得有些筋疲力尽了，靠着树干不一会儿就打起了呼噜。疤脸坐着也很是无趣，不一会儿，也张着大嘴巴迷糊了过去。

小猴从树上跳下来，团团看见了小猴，连忙朝它摇头。小猴不顾团团的警示，小心地一点点往前靠。到了团团身边，伸出它的小爪子摸着团团刚刚被鞭子抽打过的皮毛，不一会儿，眼睛里又是泪汪汪的。

小猴落泪了，团团眼圈也红了起来，但它不让自己的泪落下来，毕竟它还是这个迁徙队伍的头领。团团压低嗓子，对小猴说道："涛涛，不要难过了，这会儿我妈妈它们可能早就发现了我，只要鹰大哥找到我，我就一定会脱险的！"

提到老鹰，小猴连忙说道："鹰大哥已经回去搬救兵了！"

团团眼里有了喜色，"那你还不赶快去迎接它们？"

小猴看了看不远处的两人，"我不放心把你独自留在这里。"

"没事，你快去吧！他们现在是不会离开这里的。"

小猴心里急着把团团救出去，团团突然看见疤脸在动，立刻说道："涛涛，涛涛，快上树！"

小猴"哧溜"一下上了树，疤脸却只是翻了个身，继续打着呼噜。团团用目光示意小猴离开，小猴也觉得自己应尽快把大家引到这里来。小猴没有跑出多远，先是看见地下奔跑的圆圆，激动地跳下了树，"圆圆，我妈妈它们都来了吗？"

圆圆先是被突然出现的小猴惊了一跳，它知道小猴一直跟着绑架团团的车，"大家还没有到，算时间也快到了！涛涛，你看见我哥哥了吗?"小燕子在空中看见了两个小家伙,也落了下来。

小猴顾不上和小燕子打招呼,急急地说:"团团就在前面不远处的密林中,我带你们去!"

圆圆刚要抬爪子,却又停了下来,对着小燕子说道:"小燕子,还是得麻烦你给我妈妈它们报个信,告诉它们,团团不在车上,免得到时候又走岔了。"

小燕子急急地飞走了,圆圆和小猴往前面奔去,远远地看见被铁链子左一道右一道捆在树上的团团,圆圆急得用大爪子直拍一边的树干,几次冲动想要上前去解救团团,可都被小猴给拦住了。

疤脸一觉睡醒,突然记起麻醉枪没有拿过来,用脚尖踢醒了二狗,"去,把车里面的麻醉枪拿来!"

二狗眼皮都没抬,"你当你是谁?老子懒得动,自己去!"

疤脸抬起脚就想再踹过去,想想自己不是二狗这个憨货的对手,只得作罢,灰溜溜地往林外走去。

小猴和圆圆赶过来时,密林中只剩下二狗。圆圆的加入,让小猴的胆子突然就大了起来。几个跳跃上到了捆绑团团的那棵树上,摇动着树枝。团团一抬头看是小猴,就知道一定是自己的家人到了。小猴正欲冒险下树,疤脸手里拿着一杆枪往这边走来。小猴虽然搞不清疤脸手里是什么东西,但是也知道这一定就是用来对付它们的,连忙将身子隐藏在树叶中。

疤脸看了看团团,拿起枪就给了团团一枪,团团立时就软了下去。疤脸把枪放在了团团身边,有些尿急,往一边的树后去撒尿。圆圆不顾小猴的嘱咐,已经靠近捆团团的树,见疤脸对着团团开枪,团团就软了下去,闭上了眼。疤脸一走,圆圆迅速上前,伸出爪子推了几下团团,见团团没有反应,恨极了,伸出爪子拿起地上的麻醉枪就往回跑。树上的小猴也正有此意,见圆圆不顾自己安危冲上前把那个物件抱起跑了,心里突然就对圆圆以往胆怯自私的一面有所改观。看见圆圆往密林更深处跑,它也连忙跟了过去。

二狗这时正好隐约醒来,一抬头看见在树上跳跃的小猴子,立马坐直了身子。疤脸撒完一泡尿回来,猛地发现刚放下的那把枪不在了,立即朝着二狗喊道:"二狗,枪呢?麻醉枪呢?"

二狗正在想自己刚刚看见一只猴子是否是眼花呢,疤脸这么一喊,心想难道是那只猴子把枪给拿走了?但是它却不想搭理疤脸。"我一直都在这里没有挪窝,我怎么知道你的麻醉枪哪里去了?"说完掏出一盒烟,抽出一支烟,点燃吸了起来。

疤脸那个气啊,可是打又打不过人家,只得忍气吞声到处找枪。

圆圆拿着那把枪跑出一段路后,把麻醉枪往石头上猛磕,还不解气,一抬爪子把枪扔下了山崖。小猴赶到时,只看见被扔下山崖的麻醉枪的弧线。

两个小家伙正垂头丧气地低头坐着,老鹰出现在上空,接着熊猫妈妈和动物都到了。圆圆扑向自己的妈妈,难过地哭了起来。小猴也被自己的妈妈搂在怀里。

狐狸从小鹿身上下到地面,背着小爪子,踱着步子走到圆圆面前。小猴心里惦记着它的朋友,立马从妈妈怀里钻了出来,朝着狐狸喊道:"军师,军师,团团就在前面不远的林子里,咱们快想办法救它吧!"

狐狸那次出计救了猴爸爸后,就给自己封了军师一职。见小猴一声军师,大家目光又都看向了自己,狐狸得意的尾巴翘得老高。"咱们先近前观察一下地形,再决定下一步行动!"

猴子爸爸对小猴说的圆圆扔的东西很感兴趣,仔细问了后,开口说道:"圆圆扔掉的是专门用来麻醉动物的麻醉枪,这下圆圆为咱们解决了后顾之忧!"

狐狸没有见过麻醉枪，但是听猴爸爸这样一说，心道：还好，那玩意被圆圆给扔了，要不这次拯救团团的行动，怕是危险重重。狐狸又想到上次的行动，上次它都没有把这个可怕的麻醉枪考虑在内。不过也还好，上次是突然行动，那些个坏家伙也没有想到。"圆圆、小猴，你们可看清楚那链条上的钥匙在谁身上吗？"

小猴凝眉苦思，它还真没看见钥匙在谁手里。圆圆抬起头，一抹脸上的泪水，忽闪着一双乌黑的泪眼，"一定是在那个脸上有疤的男人身上，后面的这个人是之后才来的！"

小猴立时对圆圆的智商佩服得五体投地，没想到胆小如鼠的圆圆思维还这样敏锐。

狐狸小眼睛一眯，看着圆圆的表情也是不同了。小鹿用头蹭了蹭圆圆的大脑袋。狗熊则是看着它，傻乎乎地嘿嘿直笑，老鹰和小燕子自是更不用说了。

娇娇对自己孩子的成长，也很是欣慰，别的不说，这次圆圆的锲而不舍，也说明圆圆知道了亲情，知道关爱家人了。娇娇拍了拍圆圆的肩膀，"圆圆，那你说咱们接下来该怎么办？"

圆圆早就感受到了大家不同以往的目光，有些羞怯，觉得自己并没有做什么值得大家赞扬的事。"嗯……狐狸大哥说得对,我们还是先近前观察一下,再做下一步的打算。"说着话,大脑袋有些不好意思地低了下去。

狐狸对圆圆的话很中意,大家不再停留,静默地往那边林子走去。

第十八章节　大营救之三

吴三饿得受不了了，拦了个车出去买了点吃的喝的。它和疤脸关系不好，但是和二狗关系却是很铁，便给在密林深处的两人送了点过来。

疤脸和二狗不是很对付，也就没有那么多的话可说。疤脸想着那麻醉枪，斜眼看了一下闷头喝酒的二狗。二狗一口干了瓶中酒，突然抬头看向疤脸，"嘿嘿，嘿嘿，我知道你现在心里在想什么。如果我告诉你，是猴子拿走了你的麻醉枪，而且此时那只猴子说不定就在哪藏着，只等给你一枪！"说完二狗一阵大笑。

疤脸知道二狗不是那种喜欢开玩笑的人，听了二狗的话，立刻紧张地四处看。因为那些猴子真的很聪明，最爱学人的行为，这么想着，迅速把后背靠在一棵大树上。二狗见状，又是一阵笑。

树上的小猴一家，看着两人似乎并没有要离开的意思，回到等待它的动物们中，猴爸爸把它的担忧说了出来。

狐狸的意思要再等等，等到天黑再说。圆圆心中却是知道狐狸这是安慰大家的话，人家只是车子坏了，一旦修好就会离去。错过了这个机会，再想救出团团就难了。

圆圆突然出言道："还是老办法，我去引开一个人，剩下的就由你们来对付。按说两个人对于狗熊大哥和熊猫妈妈来说应该不是什么大问题，可是人类很狡猾，就害怕他们还留着什么后手。只要引开一个，问题就好办多了。"

圆圆的一番话，又把大家的目光吸引到它的身上，这个还是那个胆小的圆圆吗？

小鹿觉得自己跑得比圆圆快，抢着说道："圆圆，这太危险了，还是我去吧！"

圆圆摇了摇头，"它们想抓的是熊猫！"

娇娇内心不想让圆圆去，可又不愿意失去能锻炼孩子的机会，想着只要自己跟紧圆圆，应该就不会出什么事。

动物们这边议着，却不知道疤脸手上没有麻醉枪，心里很不安。他自己酒喝得有点多，硬逼着二狗回车上去拿另一把麻醉枪。

二狗拿来麻醉枪，酒足饭饱后，又一波瞌睡袭来。这时不远处的灌木丛在动，然后一只滚圆的小熊猫慢悠悠地爬了出来。二狗只当是自己喝酒喝得眼花了，使劲摇了摇头，真切地看见那只小熊猫竟然旁若无人地坐在原地，扯着一边的竹子，开始慢条斯理地咀嚼起来。二狗连忙回头看了看捆在树上的那只熊猫，见那个家伙现在也正一脸吃惊地看着这边，似乎在使劲挣脱捆绑它的链条。二狗龇牙一笑,不再看它,这可是铁链子。二狗有心想叫醒疤脸,想想又不想叫了。这么好的机会,他打算留给自己。

二狗起身,刚刚没觉得有什么,这会却觉得酒劲上来了,头有些晕乎乎的,他紧了紧手里的麻醉枪,摇晃着就往前冲去。没走几步,就被一根柳条绊倒,这"噗通"一声,惊动到正吃美食的熊猫,小家伙立刻落荒而逃。二狗爬起来就追,大概是忘了手里的枪,这一幕把在一边的熊猫妈妈和猴爸爸看得心里直发慌。熊猫妈妈没有见过麻醉枪,只是听过猴爸爸的描述,它们一眼就认出疤脸手里的物件了。这突如其来的变化,熊猫妈妈顾不上多说什么了,"猴爸爸,团团这里就交给你们大家了,圆圆那里我去看看!"

疤脸醒来便看见奔跑的二狗,正要出言喊他,眼前突然出现一偌大身躯的黑熊瞎子,吓得他扑腾一下又晕了过去。

小猴立刻上前,从他的裤兜里摸出钥匙,打开团团身上的链子。团团起身想去追自己家人,四肢被捆得有些麻木,站起来又一屁股坐在了地上。狗熊大哥一弯腰扛起它,狐狸尖声叫道:"快,快,大家赶快离开这里!我好像听到人类警车的鸣叫声!"

小松挣脱绳索,跑到公路上,一连拦了几辆车,都没有人肯停下车。也是,一个衣衫破烂,又满身脏兮兮的小孩子,在路边招手,谁敢停车啊!

南南爸爸同事来电话,告诉他们这边并不知道有这么一回事。南南一听就不干了,尽管他爸爸说那边已经报警了,可南南还是闹着非要去看看。一路追过来,南南一眼看见路边挥手的小松,一下就认出了这个小女孩,正是那个车窗内一闪而过的小女孩。南南喊停了车,小松被南南拉上了车,南南父母都有些不相信,仅凭一面,自己儿子就能认出?

车急速地朝前行驶,南南抓住小松的手,急切地问道:"你就是那个车厢内的小女孩吧?快和我说说,那只小熊猫呢?"

儿子出言,夫妻俩不再言语。小松有些胆怯地看了看一边坐着的南南妈妈,心里也很担心熊猫的安危,只得壮着胆子说道:"阿姨叔叔,咱们报警吧!他们绑架熊猫,是要拿去贩卖的!"

自己的话得到证实,南南立刻傲娇地看向自己的父母,"我说得对吧!"

一阵刺耳的警车警笛声在他们车后不远处响起,车内坐着的几人心里都松了口气,南南爸爸把车子靠边,警车呼啸着从他们的车边划过。

警笛声惊动了吴三,吴三跳下车就往树林里跑,疤脸醒来不见熊猫，急急往林外跑，却是隐约听见警笛声，慌乱中两人撞了个满怀。

"熊猫呢？快，快，快，咱们带着这个家伙离开这里！"吴三急急地吼道。

疤脸是才从局子里出来不久，他可不想再进去，一伸手拉起吴三的手臂，"兄弟，哪还顾得上那家伙，咱们先逃为好！"

警笛声越来越近，吴三一跺脚，也觉得疤脸说得对，两人抱头往山上跑去。

县城内，轮胎什么的，胖子早已买好，之所以没有立刻回去，主要是还想见一个中间人。人来后，胖子说出自己手里有熊猫，倒是把来人给吓坏了，"刘老板，我那也是随便说说，熊猫可是国宝，这个买卖，我可不敢接手！"

胖子一听脸就绿了，他是满怀希望而来，却是被人当头浇了一盆凉水。胖子心头那个恨啊，但是目前除了这个家伙，熊猫窝在手里还就成了个烫手山芋，扔了不舍得，留下来还烫手。他努力压下心头的熊熊怒火，但是脸上的表情却是有些狰狞起来，吓得对面的男子，心怦怦直跳。

"张老板，上次我记得你可不是这么说的！我记得你说，外国人还以为咱们国家，人人都有一只熊猫。还说，如果他们能拥有一只熊猫，就是让他们叛国也愿意！你还说你有这样的路子,只要我把熊猫弄到手,你就能弄出国外!"胖子看着对面的张老板,一个字一个字地说道。

张老板心里在苦笑,我那就是酒后醉言醉语,当不得真的。但是,这会儿他知道自己是不能激怒胖子的。人为财死鸟为食亡,现在还是以安抚为主。"我看这样吧,刘老板,外国的路子我倒是有,您在这里等我的信,我这就去给你找路子。"

张老板说着话,恭敬地退出饭店小包间。胖子拿起酒杯喝了一大口,嘴里情不自禁地哼起小调来。心想这家伙所有的把柄都在我手里捏着,不怕他不帮自己。

二狗是猎户出生,尽管酒喝多了,速度还是有那么快,可是前面那只小熊猫奔跑的速度也是不慢,不管他怎么飞奔,他和它就是相差一段距离。

圆圆在前面没命地奔跑着,只想着能拖垮后面那个家伙,可是每每一回头,就看见那个家伙红着一张大脸,在它身后紧紧地咬着不放。圆圆累得有些体力不支了。娇娇突然出现在它的身后,拉起爪子,拽着它往前狂奔。原本它们是可以上树的,可是那个家伙手里有麻醉枪,它们不敢冒险,再说被困在树上也不安全。

奔跑中的二狗一看前面又出现一只大熊猫,心里一哆嗦,突然想起手里的麻醉枪,觉得自己傻哩吧唧地追了半天,竟然忘了它了。二狗举起麻醉枪,射杀出去。

圆圆正好回头,看见这一幕,想推开妈妈已经来不及了。只好转身挡在了妈妈的身前,麻醉枪子弹落在了它的身上。熊猫妈妈一把抱住了就要倒地的圆圆,回转身怒视二狗,二狗拿起来又要射击,狗熊庞大的身影出现在他的面前,一伸手打掉了他手上的麻醉枪,二狗顿时被吓傻了。

狗熊伸出爪子要伤人,却被熊猫妈妈出言给拦住了,"拧住他的胳膊,不要伤他!他们捆了我的孩子,我们也捆了他!"

猴子爸爸和猴子妈妈倒也是动作够快的,两人不一会儿就伐拉了一些藤条。二狗第一次看见这么多不同类的动物聚集在一起,一时被惊住了,被动地被一群动物绑起来,捆在了树干上。等二狗反应过来,面前的动物们早就不见了影子。

警车和南南爸爸的车一前一后停到了厢式货车边,一警察打开了后车厢,来到车里,仔细察看,并没有熊猫。

南南爸爸带着两个孩子下了车,向警察讲了事情的经过,警察再次上车检查,发现有熊猫身上掉下来的毛,立时向上级报告。

事情结束了,小松却不知道该去什么地方,南南妈妈看出小松的迷茫,上前拥住小松的肩膀,"孩子,你叫什么名字？家在哪里？有没有家里人的联系电话？你知道你的家在哪里？我们送你回去！"

南南听了自己妈妈的话，很开心。

"我，我，我……"小松不知道该怎么回答。

南南爸爸看出了一些苗头，在一边说道："孩子，要不你跟着我们先回家，以后等你想起来什么，再告诉我们！"

小松感激地点了点头，想着找机会给爸爸打个电话。

胖子正在小饭店里喝着小酒，做着发财梦，警察破门而入。原来张老板出去后，权衡利弊，觉得自己那些把柄，充其量也就是被罚个款什么的，但若是帮着贩卖国宝大熊猫，那情况就不一样了，这样想着出了门，就去了公安局。

在胖子的协助下，警察很快就抓住了他的那两个同伙疤脸和二狗。审讯完，得出一个结论，这些动物们聚在一起，竟然是在迁徙，有可能目的地就是卧龙自然保护区。于是警察们立即上报了情况，然后给沿途的政府都下达了文件，要求他们做好防范和保护工作。

下卷　盼团圆

虽一水相隔，几多乡愁，但它始终相信，即使身埋他乡，只要有一颗思乡之心，亦会魂归故里。

第十九章节　狗熊和熊猫妈妈遇险

夜晚，月光很好，动物们选择了一个有水的地方歇息。

那日之后，它们不敢再沿着公路前行了，虽然那样走比较省事，但却危险重重。在崇山峻岭中开辟新的路径，虽是千难万险，但怎么说也要好过和人类斗智斗勇。况且它们还有老鹰和小燕子这样的空中向导，方向和路线都是不会错的。

月亮映在不大的水洼里，随着波纹一晃一晃的，夜很静，静得只有风在轻轻地飘过。圆圆看着水中明晃晃的月亮发愣，团团一抬头便看见在树上休息的小猴一家。此时的小猴脱离自己的父母，独自在一个大树叉上，小爪子朝天，在树杈上努力地一次一次向上蹦跳。团团对小猴这一怪异的举动有些惊讶，以为小猴梦游了。连忙抱着树干，蹭蹭地几下便爬上了树，怕惊动梦游的小猴，小心上前。月光下，团团看见小猴睁着双眼，一脸的兴奋，知道它这不是梦游，惊愕地喊道："涛涛，你这是干什么呢？"

月光下小猴一脸的得意,"我想改变大家对我们猴类的看法!"

团团强忍住不让自己笑出声,正色说道:"啊,你打算改变大家对猴子的哪些看法?"

团团这样一问,小猴昂着头,小尾巴翘得老高,润了润喉咙,把两只小爪子背在了身后,"人家都说我们猴子捞月亮一场空,所以我打算不再在水里捞月亮,改为向天邀月!"

团团一时没忍住笑出了声。"涛涛,涛涛,真有你的,让我说你什么好呢?还向天邀月呢?"

小猴并没有被好朋友的话打击到,继续洋洋得意地说道:"咋了?你觉得我涛涛做不到吗?再次声明,我们可还是齐天大圣孙悟空的传人。大圣它一个跟头十万八千里,够个月亮算什么?我只要练好本事,就算不能成为大圣,但也差不到哪里去!"

小猴的话再次让团团笑弯了腰,笑得眼泪都出来了。"好,好,好!我看好你!"团团怕小猴再说几句话,自己会笑跌下树去,觉得还是要远离它这位敢想的朋友,便"哧溜"滑下树。它还没从小猴的妄想中醒来,便见圆圆还在看着月亮发愣,以为圆圆是想学着猴子捞月亮,它可不想让自己的妹妹被别的动物笑话了去。

"圆圆在想什么呢?"

"我想爸爸了!你说我们待在那里,好好地等着爸爸不好吗？为什么要踏上这条艰辛之路？我真的有些不理解妈妈这么做的理由！"圆圆静静地看着水中的月亮，有些伤感地说道。

团团伸出爪子，搅乱了水中的月亮。不一会儿，水中的月亮又恢复了平静。圆圆想爸爸，它也想，这一路走来，从最初的兴奋，到后来的抵触，再到现在的处事不惊，它觉得这是妈妈在带着它们历练。

"圆圆，妈妈这是让我们在历练中成长，尤其是你，难道你没感觉到自己身上的变化吗？"月光下，团团瞪着一双明亮、智慧的大眼睛，看着圆圆严肃地说道。

"嗯……历练又不是非要千山万水才能历练？"圆圆一想到团团被人抽打的情景，就浑身发颤，十分难受。

团团伸出爪子抱住了圆圆的肩膀，"别怕，有哥哥呢！"这样说着团团觉得自己第一次有了一个哥哥的样子。

不远处它们的妈妈并没有睡着，眯缝的眼看着友爱的兄妹俩，心里很欣慰。

山里的天气说变就变，刚刚还高高地挂在天空中的月亮，转眼已经被乌云遮盖，瞬间山风呼啸，小猴一家不得不从树上下到地面。一道一道闪电划破漆黑的苍穹，雷鸣伴随而至。动物们挨着挤在一山崖边的岩石下，圆圆害怕地把头拱进了妈妈的怀里。团团也有些害怕，却是硬撑着它头领的气概，但身体也还是挨着自己的妈妈。小猴一家离它们不远，一家人紧紧地依偎在一起共同来抵御这场即将到来的暴风雨。狐狸躲在小鹿身边，头也不敢抬，只怕被雷劈。小鹿伸出舌头舔了一下狐狸头顶的毛，给了狐狸一丝安慰。老鹰和小燕子在熊猫妈妈的召唤下，也从树上落到了岩石下。雷雨天，树上树下都不安全，小燕子蜷缩在老鹰的翅膀下，瑟瑟发抖，老鹰收紧了翅膀。狗熊孤零零地待在一边，它倒是不怕雷雨天，但是它怕孤独。

大雨倾盆而下，这一下似乎就没有停的迹象，天快亮的时候，远处突然传来轰隆声，正当大家不知所措时，一道山洪从上而下涌来，正冒着大雨观察情况的熊猫妈妈瞬间被洪水带走了。狗熊正好在它们的下游，一个猛扑伸出爪子抓住了熊猫妈妈，可是洪水如猛兽，哪是它们可以抵挡的，眨眼之间熊猫妈妈和狗熊都被洪流卷走了，瞬间便不见了影踪。

等团团和圆圆反应过来扑到水边，哪里还有它们的身影。团团和圆圆不顾一切冒着大雨往下游奔去。雨实在是太大了，老鹰几次想冲出去都被暴风雨给堵了回来。猴爸爸不放心兄妹俩，把挣扎着也要跟上去的小猴一把塞进猴妈妈的怀里，冲进了暴雨中。

雨停了，团团圆圆已经追到尽头，一条洪水泛滥的大河边。

好一会儿，团团的哭声先爆发了，然后圆圆加入，这时猴爸爸也赶了过来，不知道该怎么安慰兄妹俩，也难过地在一边抹着眼泪。

圆圆突然朝着团团喊道："这就是你说的历练？这就是你说的历练？我不走了，我要回去，我要回去找爸爸！"喊完，圆圆飞速地往前奔去。

团团没有理会圆圆的喊叫，妈妈的离去，让它一下迷失了方向，不知道接下来该去往何方。

猴爸爸看着奔跑而去的圆圆，又看了看定定看着河面的团团，两个孩子它都不放心，可是比较起来，它还是更担心圆圆。这么想着它四肢并用追着圆圆而去。

老鹰和小燕子找到团团时，团团还站在大河边看着水面发呆。老鹰没有看到猴爸爸和圆圆，心里头先是一慌，立刻急急问道："团团，圆圆和猴爸爸它们呢？"

团团依旧发着呆，不理会老鹰。老鹰急了，俯冲到团团的大脑袋上，用爪子狠狠地抓了它一下。

团团这才回过神，"圆圆？圆圆？圆圆呢？"

团团急了，老鹰只得再次往上飞，喊道："你就待在这，我去找找！"

小燕子看着忧伤焦急的团团留了下来，落在团团的肩膀上,柔柔地说道:"团团,妈妈不在了,你是哥哥,你要照顾好妹妹。"

提到自己的妈妈,团团眼里又有了泪水。"小燕子,我妈妈和狗熊大哥都不在了,这路还要怎么走下去?"

"团团,你不是还有圆圆和我们大家吗?你妈妈和爸爸唯一的心愿就是能回归卧龙,它们的家乡!我相信你一定会带着我们大家回到卧龙的!"

小燕子的鼓励给了团团信心,它一擦脸上的泪水,对着小燕子说道:"走,咱们也去找圆圆和猴爸爸!"

圆圆悲愤地往前奔跑着,爪子下面一滑,摔了一个跟头,干脆就仰面朝天躺在地上不起来了。猴爸爸追了上来,看见仰躺在地上的圆圆,以为它受了伤,连忙冲上前用爪子拍打着圆圆的身子,关切地问道:"圆圆,圆圆,摔伤了没?"

看见猴子爸爸关切的脸,圆圆眼里的泪水再次涌出。为什么小猴就可以有爸爸妈妈陪伴?为什么老天要一次一次地夺走自己的家人?这不公平!圆圆似乎终于找到了发泄口,从地上一骨碌爬起,继续往前奔跑。猴爸爸只得紧紧跟上,其实这会儿圆圆奔跑的方向已经能看见村子里的炊烟了。猴爸爸对人类已经是有些畏惧了,可是为了圆圆的安全,它只得在树枝上跳跃着,紧紧相随。

第二十章节　圆圆被青鼬所伤

一对饿了好几天的青鼬突然看到奔跑中的圆圆，仔细观察后，发现这是一只落了单的幼年熊猫，虽然这只熊猫体型已经有点大了，但是没有了父母保护的熊猫，在这对青鼬眼里，不失为一顿美味。

圆圆知道猴爸爸跟在自己后面，但是它今天一根竹子还没有吃，又累又饿，实在是跑不动了，停下来坐在地上喘息着。还没有看见猴爸爸的影子，它嘴角一撇，伸出爪子，折了一根竹子，放在嘴里开始慢腾腾地咀嚼起来。

青鼬夫妇观察了好一会儿，找准位置，夫妇俩闪电般地从两个方向由树上直扑毫无防备的圆圆。公青鼬速度比母青鼬快，一口咬住了圆圆的脖颈，母青鼬慢了半拍，被疼痛的圆圆一挥大爪子给甩出老远。公青鼬虽然很心疼母青鼬，可是这难能猎捕到一只熊猫的机会，它是不肯放弃的。圆圆拼命地想甩掉咬住它脖子的公青鼬，可是这公青鼬像是长在了它脖子上，无论它怎么翻腾，公青鼬的牙齿都死死地咬住它的脖子不放。不一会儿，脖子上流下来的血染红了圆圆肚皮上的毛，圆圆有些晕血，当即倒地，晕了过去。

青鼬夫妇激动不已，母青鼬立刻冲了上来。还没来得及出口,只听"砰"的一声枪响,公青鼬被击中,松开了熊猫圆圆,倒在了血泊中。母青鼬倒也反应很快,一个高跃,跳到了一边的树上,逃走了。

"爷爷,爷爷,您快看,这不会就是政府下的文件,要求沿途给予保护的那只熊猫吧?"今天周末,10岁的小男孩钟星星跟着守山的爷爷巡视,它最先看见被青鼬撕咬住的圆圆,立即喊来了爷爷。也亏了钟爷爷是个老猎户,枪法准,远远地就一枪命中。

钟爷爷蹲下身子仔细检查着圆圆脖子上的伤,这时的圆圆早就被那一声巨响给惊醒,等它睁眼时,就看见一老一少蹲在它身边,老的正在看它脖子上的伤。钟爷爷检查了一下圆圆脖子上的伤,觉得也没有多严重,从怀里拿出一个小葫芦,打开上面的盖子,把里面的药粉细细地撒在圆圆被青鼬咬伤的脖子上,这才回答孙子的话。"这应该就是那群去卧龙的动物中的一员,我给这个小家伙上了药,它的伤势已经无碍了,咱们走吧!"钟爷爷站起身,因为他已经发现了树上焦急的猴爸爸。

"爷爷,咱们不用把它带回去疗伤吗?"钟星星恋恋不舍地看着地上正瞪着乌溜溜大眼看着他们的熊猫。他也是第一次这么近距离和熊猫接触,好想带回去和熊猫拍张照片,这样,以后他在同学们面前也有可以炫耀的东西了。

钟爷爷一拍孙子的小脑袋,说道:"爷爷知道你是怎么想的,可是我们不能把它带回去,否则它的伙伴们会担忧的,就像你们出去春游,突然一个小伙伴走失,你们大家是不是会又着急又难过呢?"

钟星星点了点头,钟爷爷拍了拍圆圆的大脑袋,"小家伙,一路顺风!我相信你们,一定会回到属于你们的地方!"

钟星星也连忙弯腰拍了拍圆圆的额头,"加油,小熊猫!你们真的很了不起!记住,我叫钟星星,不要忘了我哦!有机会我会去卧龙看你们的!"

钟爷爷听了孙子的话,心中很满意,脸上的笑容越发的温暖。圆圆突然从地上爬起来,伸出两爪子抱住了钟爷爷的腿。它是听不懂他们的话,但是直觉告诉它,这爷孙俩是不会伤害它的。

树上的猴爸爸看见圆圆竟抱住了人类的大腿,惊得差点从隐藏的树杈上掉下去。它不知道圆圆这是在干什么,要不是那声枪响,猴爸爸也不会这么快就找到圆圆。等它再看到圆圆的时候,就是这样一副情景。猴爸爸在树上十分焦急,却不敢贸然下树。

钟爷爷和钟星星心里都是一惊,钟爷爷低头看见圆圆乌黑的大眼睛里竟然泪光闪闪，心里一暖：如今这动物似乎比人更知道感恩。

"爷爷，爷爷，这小家伙哭了，它是不是很疼啊？"钟星星见熊猫突然抱着爷爷的大腿，吃惊地喊道。

钟爷爷弯腰抚摸着圆圆的头，"不是，它这是在感激我们救了它呢！小家伙，我们知道你的心意了，你就在这里等着你的小伙伴们吧！它们一会儿就会来找你了！"说完，从口袋里摸出一根红绳子拴着的狼牙，这是他原本打算给自己孙子的，可是考虑到孙子要是带着这个物件上学，一定会让别的同学害怕，就没有拿出来。这会儿见到这只可爱的熊猫，想着它路上还会遇到的艰辛，便打算把这颗狼牙送给它。

"爷爷，爷爷，这不是要给我的吗？"钟星星一看那是爷爷说了好久要给自己的狼牙，急了。

"好孩子，以后爷爷会给你更好的，这个就先送给这个小家伙吧！这个给它比给你有用！"这样说着钟爷爷就把红绳子系到了圆圆的脖子上，还好，红绳子足够长的。钟爷爷不再停留，掰开圆圆的小爪子，拉着自己的孙子离开了。没有走远，就躲在密林深处往这边观望。

猴爸爸在确定他们走后，才跳下树，落在呆呆坐在原地发愣的圆圆身边。此时的圆圆正一只爪子抓着脖子上的狼牙望着远方发呆。

猴爸爸在树上没有看清老人给圆圆戴的物件，这一落地才看清楚了，惊喜地叫了起来，"圆圆，圆圆，乖孩子，这是一颗狼牙！以后狼要是看见了你这颗牙，就不敢轻易靠近你了！"

猴爸爸的话成功地引起了圆圆的注意，它张着嘴巴，好一会儿才说："这，这，这，真的是一颗狼牙？"

猴爸爸连忙点头，"我确定！它就是！圆圆，你这还真是因祸得福啊！"

猴爸爸的话让圆圆心情陡然好转。团团有条洛桑姑娘的鞭子，它有颗老猎人赐予的狼牙，这以后团团再也不敢小看它了。它兴奋地从地上爬起来，扯动了伤口，疼得它是龇牙咧嘴。猴爸爸这才想起问圆圆是被谁所伤，"圆圆，你这脖子上的伤？"

圆圆细想了一下，说道："是被一只像狐狸又不是狐狸，大小似猫，头的两侧和背面、四肢和尾巴都是棕黑色，肩部是黄色，行动敏捷的家伙咬的。这家伙咬住了我的脖子，我怎么挣扎也甩不掉它，幸好刚刚那个老猎人和他的孙子赶到，救下了我这条小命。"

猴爸爸知道这是什么动物了。"它呀,叫青鼬,又名黄喉貂,黄瑶狐狸。它是你们熊猫的天敌,你一定要记住它们的样子,下次遇见一定要小心!"

圆圆连忙使劲地点头,也还好,老猎人给的药很好用,尽管脖子还是火辣辣的疼,但是不再流血了。

猴爸爸出来已经有些时间了,心里很是担心猴妈妈和小猴。"圆圆,现在你能走吗?团团它们该着急了,咱们还是赶快回去吧!"

圆圆想着因为自己的意气用事,自己差点丧命不说,还连累大家为它担心,心想以后再也不能这么任性了。随即从地上爬了起来,对猴子爸爸说"对不起!"

圆圆能认识到自己的错误,猴爸爸便没有再指责它,只是摸了摸它的脑袋,安抚道:"咱们赶路吧!"

钟爷爷和星星眼看着熊猫跟在猴子的身后离开了。钟星星起初并没有看见树上的猴子,这会儿看见熊猫竟然听一只猴子的话,跟着猴子走了,有些诧异。原来那文件上说的动物迁徙里还有猴子啊!"爷爷,咱们要不要护送它们,帮它们找到伙伴呢?"

钟爷爷也正有此意,点了点头,跟了上去。也亏了圆圆受伤,特别是脖子上,不能走得太快,要不爷孙俩就是奔跑,怕也是追不上的。

第二十一章节　母青鼬的报复

老鹰看见了地上陪着圆圆慢腾腾走着的猴爸爸和圆圆，便立即赶回去，把这个消息告诉给了已经和团团会合了的猴妈妈和小猴，还有狐狸、小鹿和小燕子。

大家终于会合在一起了。兄妹俩见面已经没有了前一刻的隔阂，激动地抱在一起。旁边的动物们都为它们感到高兴。小猴见兄妹俩抱在一起在地上滚成团，也扑了上去，三个小伙伴疯了好一会儿才分开各自站了起来。圆圆拍打着身上的草，其实它心里还是很想念自己的父母，也不过是借此来舒缓一下悲痛的心情。团团看着妹妹，心里只觉得自己身上的担子是越来越重了，它必须把大家带到卧龙。

小猴突然看见圆圆脖子上隐约挂着一条红绳，它手快，一伸爪子就把红绳拽了起来，带出了那颗狼牙。小猴只觉得这是一颗超大的牙齿，尖叫了起来，"圆圆，你这是哪里来的一个牙齿，还挂在了脖子上？"

一边的团团立刻蹿了过来，拿起小猴手里的牙齿，仔细看。猴爸爸连忙上前，说道："大家不要大惊小怪。圆圆被青鼬袭击，碰巧被一老猎人和他的孙子给救了，老猎人就送了圆圆这条狼牙链子。这是件好事，大家不要惊慌，至少以后再遇见狼，它们看到这颗狼牙，就不会轻易冒犯圆圆了！"

团团一听猴爸爸说圆圆受伤，连忙放下手里的狼牙，去检查圆圆的伤。

圆圆却是躲着，不让它看。"没事，没事，那位老爷爷给我上了药，现在血也不流了，也没那么疼了。"

圆圆坚持不让团团看，团团只得作罢。心里却很是自责，见到圆圆光顾着高兴去了，竟然忽略了它胸前还没有洗掉的隐约可见的斑斑血迹。

圆圆却很得意，因为这会儿大家都胆怯、敬畏地看着自己胸前的那颗狼牙。有些沾沾自喜的圆圆，便拿着那颗狼牙挨个给大家看。走到狐狸面前时，突然一个高跳，蹦得老远。大家都笑了起来。笑罢，圆圆盯着狐狸目不转睛。

狐狸有些莫名其妙，"圆圆，这才分开多久啊，你就不认识我了？"

圆圆往前爬了几步，双眼盯着它一眨不眨，一字一句地说道："军师，这么看你和咬我的那家伙还真是有些像呢。你知道它除了叫青鼬外，还有一个名字叫啥吗？"

圆圆一逼近，狐狸虽壮着胆子没有挪窝，但是身子却是直往后仰，"总不会它还和我一个名字吧？"

圆圆直起了身子，皮笑肉不笑地说道："是的，不过它的名字前面还要加两个字,它叫黄瑶狐狸!你们过去不会真的是一家吧?"

看圆圆直起身子,狐狸也站直了,双爪子握起,朝天呐喊道:"谁和它们是一家?我们狐狸就是狐狸!"

圆圆却是很鄙视地嘀咕了一句,"管你们是不是一家,反正以后,我会隔你远一点,你也离我远一点。"

远处钟爷爷和钟星星看到了这么一群动物组合,很是吃惊。见圆圆已经归队,爷孙俩不再停留,迅速往回走去。

尽管圆圆的声小,但还是飘进了狐狸的耳朵,狐狸有些失落伤心,往一边走去。小鹿连忙跟了过去。"狐狸,人家孩子只是开个玩笑,你咋就当真了呢?"

狐狸一脸难过地回头看了一眼小鹿,说道:我们本就不是同类,就在这里分手吧!"

"啥?你要离开大家?这是为什么?你不打算去卧龙了?"小鹿的大嗓门引来了其他动物的注视。

团团和猴子一家、老鹰、小燕子立时围了过来。圆圆却坐在原地,低头欣赏着自己胸前的狼牙,它现在突然很希望能遇见狼,迫切地想看看狼看见狼牙时的模样。但它却忘了一个事实,它是一只熊猫,而不是人。

狐狸并没有把它听到的圆圆说的那番话告诉大家,大家一番劝解后，它也就留了下来。只是它在心里警戒自己：以后要离那个讨厌它的圆圆远一点。

母青鼬痛失伴侣，一心想复仇，可是看见跟在圆圆它们后面的老猎人，却不敢下手，那一声震耳欲聋的枪响，已经成了它的噩梦。它远远地尾随在老猎人祖孙俩身后，跟到圆圆和大家会合，一时傻了眼，没想到这个团伙，动物品种这么复杂，最让它惊讶的还有它们算是同类的狐狸。老猎人祖孙俩走后，母青鼬一时犹豫着不知道该不该留下来报仇雪恨。想就此离去，心又不甘；想留下来，眼看着归队的熊猫，又担心报仇无望。最后它还是决定再跟着看看，看看这些动物们打算去干什么。

小猴很羡慕圆圆脖子上的狼牙，趁着圆圆落在大家后面，便蹦了过去。"圆圆，圆圆，把你这颗狼牙，借我戴戴，好不？"说着话，就伸出它的小爪子，要去抓圆圆胸前的狼牙。

圆圆手一挥，将小猴打翻在地。被猴妈妈刚好看见，猴妈妈跳过来，把小猴抱入怀中，有些责怪地看着这两天有些离群索居的圆圆，说道："圆圆，你怎么可以这样对待你的小伙伴呢？"

圆圆原本心里并没有什么，可这会儿看见什么也不问就极力袒护自己孩子的猴妈妈，心里开始不乐意了。可是它还没有张口解释，团团也跑了过来，它刚刚也只是看见圆圆挥手打小猴，并没有听见它们的谈话，上来就指责道："圆圆，我们大家是一个团体，有什么话可以好好说，怎么可以出手伤害自己的小伙伴呢？"

小猴见大家都在指责圆圆，想着自己也有不对的地方，立刻喊道："也不全是圆圆的错，我也有错，不该夺人所爱！"

猴妈妈听了，有些不好意思，但还是偏袒自己的孩子，说道："就是你有错，它也不该出手伤你！"说完抱着自己的孩子往前奔去。

猴爸爸上前拍了拍圆圆的肩膀，"孩子，不要把小猴妈妈的话放在心里！回头我会批评它的！"

圆圆朝着猴爸爸感激地一笑，但是并没有认识到自己的错。

团团也觉得自己对圆圆过于严厉了，便向圆圆说道："圆圆，哥哥的话是有些重，但也是为你好。如今咱们没有了父母袒护，只有大家团结一致，齐心合力，才能回到卧龙！你说是不是啊？"

圆圆没有理会团团的话，心里还是愤愤不平。心想：你到底是不是我的哥哥啊？

团团离开后，圆圆依旧不紧不慢地远远跟在大家后面。

夜晚露宿。这下大家不敢再选有水的山谷露营了。狐狸看见圆圆离大家远远地、独自靠着一棵大树休息,它便找了一个离圆圆较近的草丛歇息下来。小鹿心里觉得好奇,倒是没有跟了过去,而是和团团在一起。

青鼬这几天一直跟在动物们的后面,看着圆圆露营一次比一次远离大家,心里很高兴,它希望圆圆能离得再远点。

这晚机会终于来了。青鼬耐心地等着动物们都睡熟了,可它却忽略了不远处的狐狸。

因为圆圆的嫌弃,狐狸这几天一直都是心事重重,迷糊之间,突然嗅到一股熟悉的气味,连忙抬头。月光被茂密的树叶给遮挡住了,不是很清晰。模糊间,狐狸看见一个扑向已经睡熟了的圆圆的小身影。狐狸没有多想,立马也扑了过去。可还是晚了一步。那个影子已经狠狠咬住了圆圆的脖子。圆圆在梦中被咬醒,不用看,它就知道是青鼬,因为自己脖子上的伤刚结了疤。惊慌失措的圆圆挥起爪子几次都没有打到死死咬住它脖子的青鼬。这时狐狸不知道从哪里蹦了出来,一口咬住了那只青鼬的脖子。狐狸那偷鸡一击命中的本领,在实战中练出来了。青鼬的毛皮不似熊猫的毛皮那么厚实。狐狸一口就咬穿了它的喉管,青鼬不得不松开自己的牙齿,想要自保,可是已经来不及了。圆圆得以脱身,大爪子便挥了过来,一阵利风,圆圆的大爪子"啪"的一声,抽在了被狐狸咬伤却还在挣扎的青鼬身上。青鼬顿时七窍出血而死。

这边的动静惊动了十分警醒的小鹿，一抬头便看见了那边狐狸和圆圆的影子，以为这两个家伙又发生了争执。于是一边喊着"住手！住手！"，一边急忙奔了过去。小鹿这一嗓子惊动了大家，团团紧随其后。

圆圆和狐狸看着倒在地上的青鼬发愣。狐狸没有想到，圆圆一出手，青鼬会死得这么难看。圆圆也在思索：这次要是没有狐狸出手相救，自己即便不被咬死，也会伤得很惨。

小鹿奔到它们跟前才发现地上躺着一家伙。嘴里再次发出了尖叫，"啊，啊，啊，你们这是杀死了谁？"

狐狸和圆圆都被惊醒，一齐看向小鹿。这会儿团团也奔了过来。狐狸不等圆圆说话，先喃喃地开了口："它就是圆圆说的青鼬！"

一听它们弄死的是只青鼬，团团和小鹿都松了口气。猴子一家这时也从树上奔了过来，猴爸爸先落地，一看地上的青鼬，很是吃惊，"这不会就是圆圆说的那只母青鼬吧？"

猴妈妈不想让自己的孩子看见这血腥的一幕，用爪子挡住了小猴的眼睛。

圆圆接话道："就是那只母青鼬啦！今晚要不是狐狸大哥，我怕是又要被这家伙在脖子上留上几个牙印了！"

圆圆这就改口称狐狸为大哥了,狐狸心里顿时美美的,觉得自己这次救了圆圆一命,以后要是自己遇到危险,圆圆也一定会救自己。

团团听说是狐狸救了自己的妹妹,连忙上前道谢。狐狸的小尾巴立时又骄傲地翘了起来。小鹿这会儿看狐狸的眼神也满是崇拜了。狐狸用尾巴扫了一下小鹿的腿,小鹿立刻又恢复了往日对狐狸不屑一顾的眼神。狐狸见状,很是不屑地摇着大尾巴,往自己先前的宿营地走去。

第二十二章节　成长

团团喊道："狐狸大哥，经历这件事后，我觉得我们以后夜晚露宿，我们最好还是聚集在一起，万一有个啥事，大家也好互相照应！"

团团的话得到大家一致认可，圆圆却不以为然，如今那对伤害它的青鼬都死了，还有什么能伤害到自己呢？心里这样想着，还是听话地在离大家不远的一块石头前卧倒。团团走了过去挨着它躺下，"圆圆，把你那颗狼牙暂时交给我保管吧！"

圆圆一听就不高兴了。"你都有条神仙姐姐的鞭子了，怎么还惦记我的狼牙？想都别想！"说完，圆圆紧紧捂住自己胸前的狼牙。

"圆圆，一个熊猫带着一条狼牙链子，我只怕它会给你招来祸端，你实在是不愿意，我也不勉强。不过你也不要再把它亮出来显摆了！"说完团团叹了口气，前路渺茫，它也不知道还要走多久，才能到达爸爸妈妈说的那个没有伤害的卧龙自然保护区。

"团团，我总觉得妈妈和狗熊大哥它们一定没事！现在也在回程的路上，说不定等我们到卧龙，它们已经到了那里，正在等着我们呢。对了，也许还会有爸爸！"圆圆两只爪子枕在脑袋下，下肢两个爪子一条搭在另一条腿上，乌溜溜的大眼睛看着夜空，喃喃地说道。

"会的！一定会的！"团团心里也是这么期望的，可却不敢报太大的希望，因为期望大了万一实现不了，怕会承受不了。其实它的内心没有大家想象的那么强大。这么想着，团团摸了摸那条似乎已经和自己的皮毛长在一起了的鞭子，只是听说了这条鞭子的威力，却没有真正地见识过。毕竟妈妈告诉它，这条鞭子似乎只有在它们生命受到威胁时，才会发出它的威力。

越往前走，树林里便少了些秋的萧瑟。一群猴子在树上，看见下面山路上行走的动物组合，纷纷相告。不一会儿，团团它们行走的山路中树上、地下都是"吱吱"叫着的十分好奇的猴子。

猴妈妈很欣喜，如今没有了熊猫妈妈和狗熊，它觉得它们这支动物组合队伍，怕是难以到达卧龙，既然遇到同类了，不如就留在这里好了。猴妈妈热情地"吱吱"回应着它们的同类。没想到的是，不但没有得到同类友好的回应，反而惹来了事端。原因就是猴妈妈身边的猴爸爸。因为猴子大都是群居生活，一只公猴子相应的会有很多配偶，那么这只公猴也就是这群猴子里面的猴王。

森林里的猴王,看见身边的母猴们都很眼热猴妈妈身后体格魁梧的猴爸爸。猴爸爸也是这些日子才把身体养好的,如今满身的金毛在阳光的照射下,闪着光芒。森林里的母猴有的甚至还把手里的野果子扔向猴爸爸,小猴十分敏捷地替爸爸接了过来。

一直在树杈上假眯的猴王,龇牙咧嘴突然出击,直奔猴爸爸。猴爸爸以前也是群猴的王,只不过后来误入盗猎者的罗网后又被猴妈妈所救,这才一心一意地留在了小猴和它妈妈身边。猴爸爸一直在暗中寻找这群猴子里的猴王,当它看见了树上那只被几只母猴围在一起,也不知道是真睡还是假睡的公猴时,就知道它就是这群猴子里的猴王,便暗中注视着它。猴王一动,猴爸爸立即把小猴丢给一边愣住的猴妈妈,准备迎战。

森林原有的友好和谐,瞬间被打破,母猴们和它们的孩子们也迅速加入了争斗。小猴一家是在树上跳跃往前走的,当团团它们赶上时,就看见猴爸爸和猴妈妈还有小猴和一群猴子撕咬在一起。团团立即冲了上去,狐狸一下看见这么多的猴子,有些胆怯地往后缩,嘴上却是喊道:"团团,擒贼先擒王,就是那只和猴爸爸撕打的猴子!"

如今它们这边勉强可以出手的也就只有老鹰和圆圆。圆圆踌躇不前，老鹰从天空直飞而下，叼走了一只小猴。母猴急了，顾不上和眼前的猴妈妈撕咬，追着老鹰而去。

小鹿知道自己帮不上什么忙，可是看见小猴被一只成年的猴子抓住，勇敢上前撩起它的蹄子踢了过去。

狐狸一见小鹿冲进猴群，顾不上多想，它也冲了进来。看见团团被几只母猴围在中间，立即想到了团团的鞭子，便对着团团喊道："团团，团团，你的鞭子！你的鞭子！"

这话提醒了团团，团团慌忙去解腰上的鞭子。刚解开，还没有拿住，就被一母猴夺了去。远远站着的圆圆，一看自己爸爸妈妈留下的唯一物件，竟然被一只猴子夺走。几个纵身扑上前，一爪子打倒没有防备的母猴，将鞭子夺了回来。

团团羞愧地看了一眼圆圆，继续和眼前的几只猴子撕打。

圆圆鞭子在手，刚刚被夺去鞭子的那只母猴恼羞成怒，立时扑了过来。圆圆想也没有想，挥动了鞭子，母猴被打翻在地，再也不敢上前。别的猴子看见了圆圆手里的鞭子，都跃跃欲试，转移了目标，往圆圆身上扑来。一鞭挥倒母猴，虽然圆圆并没有感到什么神力，但还是喜不自胜。这时，那群怯生生地望自己手里鞭子的猴子，突然一齐扑了上来。它立刻挥动鞭子，猴子们被它打得直叫唤，四散逃走了。虽然猴子是被打得

"吱吱"叫着逃走了，可是圆圆依旧没有感受到妈妈说的那种神力。因为猴子只是被抽疼并没有被鞭笞而死，但这个时候却不是它仔细思索的时候，圆圆继续挥动着鞭子，驱赶着猴子，往团团和小猴它们一边靠拢。

团团这会儿已经冲到了猴爸爸身边，一击命中猴王，猴王受伤立刻逃离。猴王这一逃离，剩下的猴子们也都四处逃窜了。

圆圆虽然不是出于大义，但也凭着一条鞭子帮助大家赶走了猴子，此时正享受着大家对它的谢意和赞美。团团默默站在大家身后，心里有些羞愧，自己一时慌乱，鞭子差一点就被猴子们夺走了。

老鹰落在团团的肩膀上，用翅膀拍着它的脑袋安慰它道："第一次都是这样的，我相信在以后的路上，你一定会锻炼成为一个合格的头领！"

圆圆手里握着鞭子不舍得把它还给哥哥，尽管它没觉得这条鞭子有什么特别的威力。它一直在等着团团上前来拿回鞭子，可是一直等到大家整队出发了，团团也没有上前来拿鞭子。

猴爸爸心里很是感激圆圆救了它们一家，但也不希望看到熊猫兄妹离心。走了一段路后，它从树上落在了圆圆身边。

"圆圆,兄弟姐妹之间,应该团结友爱,我想,这也是你爸爸妈妈对你们的希望吧!"

圆圆看到自己哥哥一路走着,沉默不语,没精打彩的,心里早想把鞭子还给它了,可是找不到借口。猴爸爸这么一说,它连忙点头,快跑了几步追上团团。"团团,这条鞭子还是由你保管吧!我有狼牙护身就够了!"

圆圆的话很是让团团吃惊,在它的印象中,到了圆圆那里的东西,是没有再退出来一说的,"圆圆?"

圆圆很乐意看见自己哥哥吃惊的表情,心里最后一点不舍也消散了。"让你拿上你就拿着,这本来就是爸爸妈妈交给你保管的,我可不想费那些心思!"

团团接过鞭子,心里为妹妹的改变感到高兴,真诚地说了声:"谢谢!"

圆圆立时像个骄傲的孔雀,就差一个美丽的尾巴了。转身往前走了几步,脚下一滑,竟差点摔下山崖,还好团团及时抓住了它。"圆圆,看好脚下,这要是掉下去可就没命了!"

听着山崖下被自己踩下去的石块的哗啦声,圆圆探头一看,吓得毛里都是汗,好险啊!

经过和猴子的大战,狐狸心里对圆圆开始有了些崇拜,看见圆圆险些掉下悬崖,连忙跑过来安慰它:"圆圆,别害怕,以后你走里面我走外面！"

圆圆被狐狸的话弄得很是难为情，但却很领狐狸的情义。

母豹拉姆带着自己两个未成年的幼崽，被别的母豹带领的家人赶出了生活了一年的领地。母豹拉姆出去觅食，两个未成年的幼崽饿得受不了，出了窝，突然其中一只脚下一滑，滚下了山坡，另一只见状，也跟着滚下山来。

狐狸嫌圆圆实在是太磨叽了，又想着有几天没有跟在小鹿身边了，加之圆圆又是个闷葫芦，极端无趣，便撇开与大部队拉开一段距离的圆圆，去追赶走在前面的小鹿。

虽然不是夏天，但是太阳高照，还是有些晒，狐狸走了，圆圆热得有些心烦气躁。刚好一边有些小竹子，它就一屁股坐在路边吃起竹子来了。

团团回头没有看见圆圆，立即喊了起来："圆圆，跟上大部队，不要落单！"

圆圆有气无力地回道："我吃两根竹子，马上就来！"

老鹰不放心，飞回来看了一圈，觉得没有啥危险，这才飞走了。圆圆正享受地咀嚼着几根嫩竹子，突然背后被什么东西一撞，回头一看，是个毛绒绒的小家伙。这家伙好像是从上面山崖上摔下来的，身上满是伤痕。圆圆把它抱在怀里，正观察它是什么物种呢，身后又有一物撞来，回头一看，又是一个和怀里这个一模一样的小家伙，也受了伤。

两个毛绒绒的小家伙在圆圆的怀里疼得嗷嗷直叫。圆圆只觉得它们像猫又不是猫，可怜它们身上的伤痕，就用自己的舌头去添它们身上的伤。

母豹拉姆拖着一只小野猪回到窝里，却不见自己两个幼崽。放下野猪，闻着气味开始找自己的孩子，一路滑下山崖，正好看见舔食它幼崽的圆圆。立即几个跳跃朝圆圆扑了过来。

团团等不到圆圆跟上大队伍，只得回头去找圆圆，尽管老鹰已经说了没有发现能伤害到熊猫的动物，可是团团还是有些不放心。几步之遥，团团突然看见从山崖上凶猛扑向圆圆的母豹。来不及多想，迅速解下鞭子，挥鞭迎了过去，眼看着母豹就要扑到圆圆的背后，团团的鞭子也到了，那鞭子仿佛是被灌了神力，鞭子还没到母豹身上，母豹已经被鞭子的利风给打了出去，摔到山崖上，又滚落在地。母豹红着双眼，玩命地又要扑上前。圆圆已经把两个小豹抱在怀里，起身正面对着又要攻击的母豹。

老鹰在空中看见圆圆手里的豹子幼崽，焦急地喊道："圆圆，圆圆，快放下人家的孩子！"

圆圆这才知道，自己抱着的竟然是两只小豹子。一松手，两只小豹子落地，小豹子看见自己的妈妈就在前方，摇晃着往妈妈身边奔去。

母豹一看对方不是想伤害自己的孩子，气焰立马下去不少。但是敢碰它的孩子，它还是心有不甘，可身边又有两个幼崽，人家那边不但有两只熊猫，空中还有一只跃跃欲试的老鹰，最关键的是那条人类的鞭子，似乎是有神力。出于对熊猫手里的那条鞭子的敬畏，母豹带着自己的孩子快速离去了。

团团摸着自己的胸口，把鞭子重新系好，想着刚才鞭子的威力，很是愕然。伸出爪子一拍站在原地瑟瑟发抖的圆圆说道："走吧！你也是够厉害的，竟然连豹子的幼崽也敢去招惹！"

"我，我，我，是它们自己掉到我身后的，我只是想帮助它们！还有、还有，我并不知道它们就是豹子的幼崽！"说着说着圆圆似乎被真的吓破了胆子，眼看就要哭出来了。

团团伸出爪子抱住了圆圆，尽管它也因为豹子事件心怦怦乱跳，可还是十分关爱地拍着圆圆的后背，"没事，没事，一切都过去了！以后不要单独行动，也不要离大家太远！"

第二十三章节　小猴的烦恼

圆圆这次是真的被吓破胆了，被团团拉着往前走了几步，突然爪子一软，一屁股坐在了地上。任凭团团怎么拉，它也不肯再挪动一步。团团无奈地看了看天空，时间还早，这里也不是一个露宿的好场所，如今的圆圆已经不是刚出来的圆圆了，它是弄不动它的。看着圆圆赖在地上，眼泪汪汪的可怜样子，团团在一边的树上折了几根很长的树叶茂盛的树枝，握在一起铺在地上，对着圆圆说道："上来，我拖着你走！"

圆圆有些羞怯，但是这会儿它的四肢真的是一点力气都没有了。在团团的不断催促下，圆圆磨蹭着爬上树枝上。团团拖着树枝往前跑去。老鹰在上空看见兄妹俩这么友爱，它也很开心，鸣叫着去追赶前面的动物们。圆圆被哥哥拽着往前跑，想起幼年时候和父母在一起的幸福生活，不禁笑出了声。

翻过这座山，再过一片草地，就到了四姑娘山山脚下，再翻过四姑娘山，也就到了卧龙。老鹰的这一消息，让大家都高兴地跳了起来。但是老鹰却没有大家那么乐观，它都没有飞过四姑娘山，不知道眼前的这些小伙伴是否能翻过那座雪山？

小燕子也知道，路途虽然不远了，但前路却更加艰辛。因为它们现在要翻的这座山的陡峭艰险，不是前面那些山可以比拟的。还有，如今它们少了熊猫妈妈和狗熊，力量还真是有些单薄。好在熊猫兄妹俩渐渐成长起来了。

猴妈妈又怀孕了，猴爸爸很欢喜，小猴却有些伤心，明显感觉父母的心已经不在自己身上了。

明天就要登山了，原本是可以绕着走，但是大家一致认为，既然翻山能节省时间，那就翻山。为了明日的登山，大家在山脚下停了下来。一只成年的大熊猫一天平均要吃12公斤~38公斤食物，团团和圆圆也是要接近成年了，食量自然也不小。兄妹俩守着山脚下的一片竹林，埋头吃了起来。

猴爸爸和猴妈妈恩爱地蹲在树上，小猴无聊地从一棵树上跳到另一棵树上，荡着荡着就来到了圆圆它们头顶的竹子上。把一根像它胳膊粗的竹子压弯了下来，小猴在兄妹俩面前晃啊晃。圆圆吃得正香，不想理会它。小猴在圆圆那里碰了壁，又把竹子弯到团团头顶。"团团，别吃了，怎么你们熊猫一停下来就没命的吃，感觉你们好像就没有吃饱过！"

团团把一根细嫩的竹子放进嘴里，继续拉一边的竹子，边嚼着边慢条斯理地说道："我们体型大，要保存体力，就必须不停地吃！你这么空闲，不妨帮我弄些嫩点的竹子来！"

小猴正闲得无聊呢，听了团团的话，立刻四处去折细嫩的竹子，不一会团团身边的竹子就堆成了小山，圆圆见状立刻爬了过来。

忙活了一阵子，小猴见自己的忙活竟供不上兄妹俩的食量，索然无趣地回到它们面前说道："圆圆加入，你们两个吃，我供不上了！"

小猴负气地坐在兄妹俩的对面，两只小爪子托着下巴，看着依旧只顾吃竹子的团团和圆圆，好一会儿，才闷闷地说道："这么看来有个弟弟或妹妹也是不错的！"

圆圆见面前没有什么好的竹子，不想理会有些聒噪的小猴，慢腾腾地往竹林深处爬去。团团嘴里嚼着竹子，心里思考着明天翻山的事，没有心思理会小猴，就答非所问地和小猴有一搭没一搭地说着话。小猴一生气离开了团团，看看不远处的狐狸和小鹿，再看看树上歇息的老鹰和小燕子，还有它的父母，只觉得自己还真是顾影自怜。扯着树枝不管不顾往前荡着玩，突然听见了水声，小猴也是有些渴了，兴奋地扯着树枝跳了过去。一看，是一条在石头上流淌着的小河流，水流清澈。小猴跳了下去，兴奋地在水里玩耍，玩够了，喝饱了，便往回跳。它打算把大家都叫过来玩。

圆圆吃饱了，看见一块大石头下有个小水洼，低头便喝了起来。水洼里的那点水哪够一只熊猫喝？圆圆有些难过地看着被它一口气喝干的水洼，郁闷不已。

熊猫的生活习性之一,生性孤僻,在不发情期,喜欢独居,故得雅号"竹林隐士"。这一点在圆圆身上就体现得很好,尽管团团一再让它不要远离大家,可是圆圆还是尽可能一个人待着。熊猫生活习性之二,嗜水如命,熊猫喜欢生活在有清泉流水的地方,有的时候吃的在一个地方,喝的又在另一个地方。当它们居住地竹子开花不再茂盛时,就会去寻找下一个竹子茂盛地,但是它们会不惧路程的遥远,再次回到最初水源丰富的地方来喝水。如果在外面它们一旦遇到好的水源,也会没命地狂饮,像是一个好酒的醉汉遇见了好酒,不喝得走不动是不会离开的,于是便有了"熊猫醉水"之说。

小猴回来的路上看见圆圆坐在已经干枯的水洼边发呆,知道它这是还没喝饱,立刻"吱吱"叫着,跳到它身边,兴奋地喊道:"圆圆,圆圆前面有一处好水源,我刚刚在那里饱饮了一番!"

圆圆一听就来了精神,乌黑的大眼睛立刻有了神采。"在哪里?在哪里?"

小猴手指向它回来的方向,"呐,穿过这片林子,看见一些大石头,再翻过那些大石头就到了!"

不等小猴把话说完,圆圆就激动地往树林里跑去。小猴很想跟过去,但是想着还要回去叫大家,便继续往它们营地奔去。

母豹把孩子们带回了窝，看着它们吃饱后疯玩了一会儿，累得趴下睡着了，觉得有些口渴。带着孩子它怕那些入侵者，可是独自一个，它也不会委屈自己去喝那些不流动的死水。想着它们曾经的领地的那条河流，母豹咽了下口水，起来往原来的领地跑去。

圆圆奔到那条河流边，伏在溪边，没命地畅饮，直到肚子实在是撑不下了，才一翻身仰躺在溪边，享受着水饱食足的片刻幸福。

第二十四章节　母豹拉姆

　　远处，狩猎刚回来的、霸占拉姆一家领地的另一只母豹和它的3个成年儿子，远远地注视着这个突然侵入它们领地的熊猫。尽管它们今天也有些收获：一只幼年斑马。可是那么点大，哪里够它们填饱肚子？这时，一只毛发油亮、身子滚圆的熊猫出现在它们眼前，它们怎么会放过？母豹一个眼神，4只豹子立刻分散开来，从四面朝圆圆包抄而去，这样做的目的，是不让这只熊猫有跑回树林的机会，毕竟熊猫逃跑的速度也是够快的，尤其是爬树。

　　但是熊猫也有一个缺点，那就是目光短浅。它们视觉不发达，是与它们的生活习性有关。因为密集的竹林深处，光线暗，障碍物又多。但它们的瞳孔跟猫一样，是纵裂的，因此在夜里也能活动。

　　危险已经临近，圆圆还没有发现。偷偷溜回来饮水的拉姆正好看见了这一幕，它也是听自己的孩子们说，那只熊猫并没有伤害它们，还帮它们舔伤口疗伤。拉姆心里很感激这只小熊猫。它知道，只要这4个家伙把这只熊猫给围了起来，熊猫逃生的希望就渺茫了。拉姆匍匐地往前跑，眼睛看着前方，脑子飞快地转动。该怎么搭救这只熊猫？这时它突然看见了那只母豹后面的树林，心里有了主意。快靠近时，母豹一个高跳起,在一块巨石后面落下,落在圆圆身边。圆圆这才被惊动,不过它的第一反应是翻身而起想逃,可是起来一看,妈呀,眼前啥时候来了5只豹子?吓得圆圆立时用前爪子捂面,偌大的身躯瑟瑟地发着抖,把头低下,埋在自己的两个爪子中间,并把背脊高高地向上拱起。

拉姆戒备地看着前面的敌人,一回头看见后面的熊猫竟然被吓得打哆嗦。占领拉姆领地的母豹,一看是拉姆出来多管闲事。想着它是自己爪下败将,并没有什么可害怕的。何况拉姆身后的那个体型巨大的熊猫,也不过是一个胆小如鼠之辈,便洋洋自得起来。

"手下败将,你这是来受死的吗?"母豹得意地说着,带着它的孩子一步一步,趾高气扬地把包围圈收拢。

拉姆回头对着圆圆喊道,"小家伙,你若再不打起精神,我们就要成为它们爪下猎物了,我可不想死在这里,我还有两个孩子需要照顾!"

小猴回去报信,像是发现新大陆,但是感兴趣的也就只有团团一个。小猴兴趣顿消,团团却兴高采烈地喊道:"涛涛,看见我们家圆圆没有,咱们把它叫上一起去那边!"

小猴立刻来了精神,"圆圆啊!圆圆它已经先一步过去了,怕是这会正在狂饮呢!"

"那还等什么，咱们这就过去！"团团爬起来便往小猴来的方向快速奔去。

小猴在后面喊道："等我！等我！你们兄妹两个咋一个二个都是这个样子？"嘴上喊着就已经上到树上，追着团团的身影而去了。

小鹿卧在地上，嘴里嚼着东西。狐狸因为这几天冷落了它，便弄了些青草来赔礼，而小鹿却望着天边发着呆。狐狸慵懒地靠在小鹿的脊背上，小爪子抓着一根草放在嘴边，也陪着小鹿发呆。以前它们都是穿山而过，并没有真正的翻过一座像样的大山。面对着眼前的大山，它真的是有些打怵。如果要继续前往卧龙，它希望依旧是绕着走，哪怕是再多走点路。

猴爸爸心里还是有些不放心自己的孩子，打算去看看。猴妈妈心里也惦记着自己的孩子，自然是不肯独自留下了。

老鹰看着猴子夫妇一前一后地往团团方向追赶而去，心里有些羡慕。小燕子看出了老鹰的心思，摆了摆自己的小脑袋，打算到了目的地后，它就去对老鹰说，让它去找它的同类。

想着前面有清悠悠的河水，团团爪子下的速度更快了起来。就连小猴也被它远远地甩在了后面。

拉姆和母豹已经拉开了架势，圆圆依旧把自己缩成一团。熊猫生性温顺，它们的这个动作，也是一种本能的害怕表现。

它们一般不会主动攻击人或者其他动物，当然有了熊猫宝宝的母熊猫，那又得另当别论了。

拉姆知道这是指望不上身后的熊猫了，所以它对前面的这只母豹唯一的招数，就是必须致命的一咬。只有这样，它们也许才有活的希望。母豹和拉姆喉咙里发出豹子在出击之前的喉音，都在选择最佳位置和攻击机会。拉姆猛地出击，母豹的3个孩子见拉姆身后的熊猫现了出来，便一齐向圆圆扑去。

团团跳上小猴说的大石头，就看见了这一幕。圆圆正好就在它的下面，背靠着它脚下的石头。团团一伸爪子拉开腰上的鞭子，它已经感受到鞭子的灵动了。鞭子带着团团跳下了那块有两米多高的大石头，稳稳地落在了圆圆的前面。

3只豹子被这从天而降的、拿着牧羊鞭的熊猫惊惧得倒退了好几步。停下来看清后，立刻又往前扑。

团团还没有挥鞭，手里的鞭子已经舞动起来了。一阵利风，冲在前面的一只豹子被命中，翻身倒地。剩余的两只豹子没有管这只倒地的豹子，继续往前扑。圆圆见哥哥来了，手里还有那条鞭子，胆子也大起来了。抬起爪子就向最近的一只豹子抓去。力道之狠，一掌将豹子打出去老远。团团的鞭子这时也到了，最后一只进攻的豹子也被它打倒在地。

和拉姆撕咬中的母豹,见自己的儿子都被熊猫手里的鞭子给打到,它突然想起了有关熊猫和四姑娘山的传说,立即转身逃离。母豹逃离是一种信号,那3只豹子见状立刻也跟着跑了。

拉姆气喘吁吁地看着从天而降、挥舞着鞭子的熊猫,一脸的敬畏。转身要离去,它知道,经过这一战,那些豹子一定也不敢再在这里停留,虽然这样有些胜之不武,但是能回到这块猎物和水源丰富的领地,它也还是很开心。

豹子们跑了,圆圆也恢复了状态,见团团爪子里还拿着鞭子看着前面的豹子,准备随时出击。它伸出前爪子,拉了拉团团的爪子。"哥哥,刚刚就是这条豹子救了我!我看它很像那两只小豹子的妈妈!"

团团听了表情先是一愣,然后有些释然,明白了这只豹子是来报答圆圆对它孩子的照护的。"谢谢你啦!"团团朝着转身往前走的拉姆喊道。

拉姆心中也很想对这只勇猛的熊猫说声谢谢,可是却拉不下自己的豹威。没想到,那只勇猛的熊猫却先开了口。立刻调转身子对着团团也说道:"不用谢!你们也救过我的孩子!"

小猴落在那块大石头上的时候,团团和圆圆正和豹子打在一起。小猴惊得捂住嘴巴,深怕自己一旦发出尖叫,会影响到下面的团团和圆圆。猴爸爸和猴妈妈赶来时,看见小猴捂着嘴巴,吃惊地站在那块大石头上,立刻奔了过去。当它们看见下面的情形,立刻把呆呆直立着的小猴给摁了下去。

这边一结束,小猴一个高跃跳了下去,猴子夫妇也只得跟着下去。

团团和圆圆被吓了一跳,回头一看,是小猴一家,这才舒了口气。虽然豹子很客气,可是熊猫天生对豹子的恐惧,还是让两只熊猫不敢放松警惕。

"既然是这样,那咱们就互不相欠了,我们这就离开这里!"团团一拉圆圆,领着大家就要离开。拉姆知道熊猫是独居动物,那天看见它们的组合就有些好奇,还有就是它们这一片虽说也有熊猫,但是它却是第一次看见。于是说道:"也不能说两不相欠,我还欠着你们一份帮我赶走那群豹子的情呢!我在这里已经生活了很久了,我知道你们不是本地的,如果有什么不明白的事可以问我!"说完,拉姆卧在地上,像一只温顺的大猫,看起来很友好。

猴爸爸把猴妈妈和小猴护在自己怀里,尽管豹子看起来已经不那么凶猛了,它还是有些担心。

团团和圆圆对豹子还是心存戒备,圆圆壮着胆子说道:

"你，你，你们只要不再出现在我们面前，就是对我们最好的帮助！"

团团觉得圆圆终于说出了一句实用的话，跟着点了点头。豹子今天赶走对手，夺回领地，心情很好。"看你们的架势，我觉得应该是想去山那边的卧龙自然保护区吧？"

豹子不但身手敏捷，思维也很敏锐，一语道破了团团它们的动机，把团团它们给震了一跳。要是被这豹子窥探到它们的路线，路上一定会危机四伏。

团团还没答话，圆圆却是急急地应道："你，你，你怎么知道的？我可没有告诉过你哦！"

拉姆很是傲娇的仰起头朝天嚎叫了几声，然后说道："这天上飞的，树上跳的，地上跑的，这么一个奇怪的组合，那一定是想去一个好地方了。而这附近最好的地方也就是卧龙自然保护区了！我也是想等孩子们再大一点，就带它们也回到那里去！"

豹子的一个也字挑起了团团的兴趣。"这么说，你原来也是在那片土地上生活的了？"

"聪明，你这只熊猫不但勇敢，还这么聪明！我是从那里跑出来的，那里真是动物们的乐园，虽然现在心里有些后悔离开了那里，但是如果没有离开那里，我也不会有两个可爱的孩子，所以也就没有什么可后悔的了。"豹子今天似乎聊兴特别高。

团团听说它从那里出来的，立刻追着问道："你可知道有什么捷径，可以不用翻这座山，就能到达那片草地吗？"

团团这话让豹子兴奋地站了起来。"哈，这话你可是问对了，也还好，你们问了我。我确实知道一条不用翻山就能过去的捷径，不过这条路虽然近，但是很危险，只怕你们过不去！"

圆圆对翻山很是害怕，听说有条捷径，立刻忘记了害怕。"那你赶快告诉我们这条路怎么走？"

豹子摇着尾巴，答道："这是一条很隐秘的路，我就是告诉了你们，你们也找不到。如果你们相信我，明天早上你们到这里来，我带你们过去！"说着豹子高傲地昂着脑袋转身离去了。

豹子走后，猴子一家才松了口气。猴爸爸刚刚虽然很紧张，但豹子的话还是一字不漏的进了它的耳朵。猴妈妈怀孕，猴爸爸也是不想让猴妈妈太辛苦，看团团看着豹子离去的背影，若有所思，便说道："团团，我认识的豹子们，都不是多话的。它既然这样说，还是有些可信度，不如明早我们就跟它过去看看。反正你手里有这条鞭子，我们也没有什么可怕的！"

团团点了点头,圆圆十分开心地伸出爪子戳了一下小猴。"你这个家伙,告诉我这块水源,不会是想让我来喂豹子吧?"

小猴顿时有些难受,幸好团团赶来得及时。要是圆圆因为这条水源而丧命,别说团团不原谅它,它自己也是不会原谅自己的。"对不起了,圆圆!"小猴说着话,羞愧的低下头。

圆圆本来是一句玩笑话,见小猴这就当真了,立即也有些不好意思起来。"涛涛,我是在和你开玩笑呢,你千万不要当真哈!其实我心里很感谢你,让我名副其实地应了一回'熊猫醉水'。"

圆圆的话立即活跃了气氛,团团想着刚刚的险境,出言说道:"圆圆咱们熊猫虽然有'竹林隐士'之称,但在还没有到达卧龙之前,我不允许你再继续当你的隐士了!"

圆圆立刻点头,就是哥哥不说,这往后的路,它也不会再落单了。

第二十五章节　穿越山洞

回到营地，老鹰它们听说了水边发生的事，是又惊又怕。狐狸是绝不相信凶狠残暴的豹子会有那份好心。可是看着熊猫兄妹和猴子一家对豹子深信不疑，它对豹子的怀疑也就随着减少了几分。争执了几句也就不再多说了，就像猴子爸爸说的，团团有那条鞭子，它们也没有什么好怕的！

老鹰不信归不信，但是心里却是希望豹子的话是真的。如果真有这么一条捷径，它也就没必要纠结是不是要带着小燕子也往那最高峰飞了，毕竟小燕子的体力还是不如它。它可以和小燕子沿着山边飞。

一夜无话，天亮了，大家都往溪水边去。等它们到的时候，豹子已经很守约地站在一块最高的石头上，看见它们，豹子几个纵身下到地面。狐狸和小鹿被吓得躲在了熊猫兄妹的身后，老鹰和小燕子惊得在空中盘旋不敢落地。

猴子一家经历了昨天的事，今天似乎很是淡然，就连小猴也挣脱妈妈的怀抱，勇敢地站在了团团圆圆身边。

豹子落地就喊道："大家都来了啊！跟着我，我这就带你们过去！"

豹子在前面奔跑，后面紧跟着一群不是同类的动物，再加上天空中飞着的老鹰和小燕子，在别的动物和鸟类看来这副画面是要多奇葩有多奇葩。原本森林喧闹的清晨，这一刻似乎所有的动物和鸟类都停止了呼吸。等这样一群动物快速地从它们面前经过后，有被惊吓到从树上掉下来的小鸟和小松鼠；有瘫倒在地的小动物。只是那么一会儿，森林的气氛又开始活跃起来，有大着胆子追去看热闹的；也有在树上跳跃着尖叫的。

豹子带着动物们穿越几条山谷，在一个被草木树枝掩藏着的山洞前停了下来。"就是这里，我当初就是跟着孩子的爸爸从这个洞里走出来的。我们整整走了一个上午！里面黑乎乎的，各种蛇类、老鼠、蝙蝠等，那是应有尽有。这洞口我已经引到了，剩下的就靠你们自己了。我要回去照看我的孩子们了！"豹子掉头就跑了，它实在是害怕自己忍不住，会再说出我带你们过去之类的话。

豹子跑远后，团团伸出爪子扒拉开洞口的杂草和灌木丛，见那个洞口高度不低，足有人类成人那么高。

老鹰看着黑漆漆的洞口，有些担心。"团团要不咱们还是绕着走吧！也只不过是再多走几天而已！"

狐狸和小鹿听说里面有那么多丑陋恶心的家伙，对这条近路也望而却步，不想再上前一步。

猴妈妈也是有些害怕，猴爸爸和小猴却不怎么害怕，毕竟那些蛇还是有些怕它们猴子的。因为它们也不是好惹的。它们唯一担心的就是里面的黑暗，虽然它们不拒黑，但是长时间待在黑暗里还是有些害怕和担心。狐狸和小鹿却不为这些担心。狐狸偷鸡都是晚上，早就适应了在黑暗中行事。团团和圆圆自然也是不怕黑的。

团团和圆圆回乡心切，如果能有捷径走，它们是不会放弃的。

团团仰头看着老鹰和小燕子说道："这条捷径对于你们来说，是无用的，不如我们就在这里分手，等到了山那边的草地后，我们再汇合！"

老鹰还是有些不放心。"这样真的行吗？团团，你们不再考虑一下我的建议了吗？"

"鹰大哥，您已经陪伴我们很长时间了，谢谢您和小燕子了！但我们终究是要长大的，我们自己的路得靠我们自己走下去，你就放心地让我们前行吧！"圆圆仰头看着老鹰和小燕子，一脸坚定地说道。小猴在一边为圆圆鼓掌。

圆圆的话也鼓舞到了小鹿和狐狸，两个家伙立即都挺起了胸膛。小燕子见大家都是信心满满，对着老鹰说道："那咱们就先飞到那边去等它们吧！再见了，我的朋友们！"

小燕子说完了，老鹰也就不再多言。它们冲向高空，向远处飞去。

考虑到里面的危险，团团让小猴去折了些坚韧的藤条，对着狐狸和小鹿说道："狐狸大哥，你就继续当小鹿的围脖吧，记住无论发生什么事，你一定要抱紧小鹿的脖子！这些藤条是以防万一，你最好还是把自己和小鹿捆在一起。小鹿，你对于我这样的安排没有什么意见吧？"

小鹿原本也是就这么想的。狐狸晚上的视力比它好，驮着它，它可以当它的另一双眼睛。小鹿立马点头。

团团这才一脸严肃地看向圆圆，心里虽然有些不忍，但它是领头的，必须对大家的安全负责。"圆圆，你来断后，记住一定要紧紧跟着你前面的伙伴哦！"

哥哥第一次这么重视圆圆，圆圆心里很开心。对于那些生活在阴暗里的动物们，它还真是没有把它们放在心上。立刻坚定地点了点头。"后面就交给我，我绝对不会掉队！"

猴爸爸见对它们一家还没有做出安排，便问道："那我们呢？"

"你照顾好猴大婶，保护好涛涛，跟在我的后面！用这藤条把涛涛捆在您的身上，这样就不会走散了！"说完，团团就把几根藤条给了猴爸爸。

猴爸爸还没有说什么呢，小猴不乐意了，一下跳到圆圆身边。"我才不用爸爸保护呢，圆圆都可以自己保护自己，我也可以！你说对吧，爸爸？"

猴爸爸看着孩子满怀期待地望着它，一狠心说道："对，我家涛涛也是能照顾好自己的，就让它和圆圆一起断后吧！"

安排好了进洞队形，团团看了一眼洞外的竹子对着大家说道："这就要进洞了，我想你们大家也知道，平日里我们熊猫是除了吃就是睡，那并不是我们懒，而是我们体型太大，为了保存自己的实力不得不如此。这眼看我们就要进洞了，我们速度就是再快，恐怕也快不过豹子吧，它们都跑了一上午，估计我们至少也要一个上午。现在请给我们一点时间，再让我们吃些竹子，你们大家也去找点吃的补充一下自己的体力！"

大家散开了，团团爬到圆圆身边和它一起吃着身边的竹子，一边问道："圆圆，你对哥哥这样的安排满意吗？哥哥其实也想要把你保护在自己身后，但是大家都是跟着我们一起来的，我们必须要保护它们的安全！你能明白哥哥的心思吗？"

圆圆原本就没把这件事放在心上，这洞里面只要没有大于它的动物，也就没有什么可怕的。"哥哥，你放心，我能照顾好自己，也能帮着你保护好大家！"

团团伸出爪子摸了一下圆圆的头,越看自己的这个妹妹越觉得可爱,"我们家的圆圆真的是长大了!多吃点,一会儿可是一上午都没有吃的哦!"

兄妹俩不再说话,闷头嗨吃起竹子来。

团团第一个钻进洞里,紧接着是猴爸爸和猴妈妈,然后是小鹿和狐狸,最后是小猴和圆圆。

洞里比大家想象的要黑得多,不仅是黑还很潮湿,往前行进了一段路后,洞突然大了起来,一边还有流水。这是一个巨大的天然溶洞,洞里的各种乳石千奇百怪。小猴一把抓住了身后圆圆的手,狐狸把脸埋在了小鹿的脖子上,猴爸爸和猴妈妈紧紧地勾着爪子。

在前边走着的团团突然喊道:"小心脚下,这边是地下河,要是不小心滑下去,那可是没有办法救的哦!"

团团不光顾着上面的动物,也还要看脚下岩石下黝黑的地下河。小猴把脑袋探了探,更是不敢松开圆圆了。小猴这样一抓,圆圆没有办法行进,便说道:"涛涛别怕,你靠着里面走,不要看下面,就不会害怕了!"

小猴也知道自己这样抓着圆圆两个都动不了,只得松开圆圆,贴着另一边洞壁走。又行进了一段路,地下河竟然真的成了地下的河流了,它们只能听见水声,却看不见河面了。

这下大家的胆子都大了起来，速度也就快起来了。

调皮的小猴立刻又开始顽皮地东摸摸西看看，早已经忘了害怕是什么了。圆圆这次很规矩，小猴虽然调皮，但没有耽搁前进的速度，圆圆也就没有说什么。看着小猴攀着一块乳石，跳到前面落地，却不是它哥哥走过的路，圆圆立即喊道："涛涛快回来，危险！"

圆圆话音还未落地，小猴已经发出了尖叫。随着小猴的尖叫，一大群老鼠从小猴落下的地方冒了出来，就连小猴的身上也爬了好几只。

团团已经走了过去，猴爸爸和猴爸爸想救自己孩子，身后还隔着小鹿和狐狸，圆圆这时却是不等哥哥喊就扑了过去，一伸爪子把小猴拉了出来，然后为它拍掉身上的老鼠。只听着圆圆的爪子下"噗嗤噗嗤"有无数的老鼠被它踩死。有老鼠上到圆圆身上，趴在圆圆肩上的小猴立刻手忙脚乱地帮着圆圆把老鼠往下拨拉。

圆圆的爪子一边忙活着对付迎面而来的老鼠，一面快度往前跑。尽管这里的洞有些宽敞，但要是大家都往回走，势必会很拥挤，团团看见圆圆和小猴已经没有什么危险了，立刻对身后的猴爸爸猴妈妈和小鹿喊道："咱们快点往前跑，给它们让出位置来。"

圆圆背着小猴，几个跳跃，总算脱离了老鼠窝。还没喘口气呢，又听见团团在前面喊道："大家快趴下！"

圆圆"噗通"一声趴在了地上，只听脑后冷风阵阵，好一会儿，这风才算是过去了。圆圆和小猴坐起来直喘粗气，一抬头，就看见了从地上刚起来的小鹿和狐狸，还有远处的团团它们。

"圆圆，你和小猴没事吧？"团团在前面关切地问道。

"没事，我们很好！"圆圆觉得自己救了一回小猴，有些骄傲地回答道。

小猴却是定定地看着远去了的风，喃喃自语道："你说它们不会就是当年大圣遇到的那些妖怪吧？怎么都觉得刚刚那阵风刮得很妖孽啊！"

圆圆也不清楚刚刚是些啥，但是小猴这样说，它也不认可。"快起来吧！再不走，你可真要被妖怪留在这洞里了！"

"不要！"小猴尖叫着往前奔。

也不知道走了多久，地下河又出现在它们身边，大家又开始小心翼翼起来。但是迎面而来的空气没有那么潮湿了。团团使劲地嗅了一下，回头对着大家说："闻着这气味，我想我们就要走出这山洞了！"

动物们听了都开始加紧步伐，都想早早地走出这山洞，好早点见到外面的蓝天白云。

一缕阳光射了进来，动物们脸上都有了笑容，可是笑罢后，它们才发现这缕阳光是从上面射进来的。地下水依旧在流，流到一块大岩石下就不见了。

猴爸爸猴妈妈心里都在想，这样有藤条的洞对于它们没有什么，当年的豹子是怎么进来的呢？难道还有另外一条出口吗？

团团心里也是这么想的，可是既然已经都到了这，怎么也要从这个洞里出去，回头是绝对不可能的。

"猴子爸爸妈妈，你们从这里爬上去应该没什么问题吧？"团团看着洞口，洞口虽然不是很高，但也足有三四米。这高度若是树木，对于熊猫来说不算什么，可这是凹凸不平的岩洞，尽管上面有那么多可以攀援的藤条，但是对于它们来说还是有些困难。

猴爸爸猴妈妈立刻点头，小猴也跳了过来，"我可以！我可以！等我们上去，放下藤条来拉你们！"小猴见终于有它们的用武之地了，立刻跳了起来，然后不等自己父母，就蹭蹭地开始往上爬。猴爸爸猴妈妈知道，就算是它们一家抱成团，也是拉不上来团团和圆圆的，不过小鹿、小狐狸倒是没有问题。

圆圆愁容满面地看着岩洞，看着马上就要到洞口的小猴，它一脸的羡慕。它伸出爪子抓住藤条往上爬了几下，就体力不支，掉了下来。

小猴上去好一会没有了动静，猴爸爸有些急了，对着团团说道："我们先上去，然后再想办法！"

团团点头。如今它们也只有靠猴子一家了。

谁知猴爸爸和猴妈妈一家上去之后，都没了音讯。洞底下的团团和圆圆、狐狸小鹿一时傻了眼。

正在焦急中，突然小猴的脑袋在洞口露了出来，它把一条粗大藤条捻成的绳子扔了下来，喊道："你们一个一个将藤条在身上捆好，我们拉你们上来！"

下面的动物们对上面小猴的话有些怀疑，但还是决定相信小猴一家。可是谁先上呢？小狐狸很想说我先，我先，可是把小鹿留在下面它又不好意思。还未等狐狸说话，团团先开了口，"狐狸大哥你先上，你体重最轻！"

圆圆也跟着点头，心里有些忧虑，但心想有哥哥陪着它，也是不用担心的，反正它们最终都会上去的。

小鹿知道狐狸胆小，团团这样一说，立刻对着狐狸说道："团团说得对，你先上，上面也就多一份力量好拉我们上去！"

狐狸假意推辞了一下，把藤条捆在自己身上。狐狸被拉了上去,藤条又被放了下来。团团和圆圆兄妹俩这次倒是齐心,不容分说就把小鹿捆了个结实,小鹿被拉了上去,就轮到了圆圆,圆圆也不推让,但却有些担心大家能不能把它拉上去,可别半路松手又把它给摔下来。

拉圆圆的藤条就没有那么快了,但还是在慢慢地往上升。团团提着一颗心,看着圆圆离洞口越来越近,那颗悬着的心也就落地了。

团团是最后一个被拉上去的。它看见了拉它们上来的,居然还有一匹野马,它十分欣喜。团团上来了,大家抱在一起,大声的欢呼。小猴一家却站在一边,看着团团圆圆,它们都露出了神秘的笑容。

老鹰和小燕子飞了过来,落在地上,也有些兴奋。团团和圆圆只当它们是因为大家终于走出了洞。

猴爸爸为野马解开了藤条。团团立刻上前,对野马说道:"谢谢马大哥的鼎力相助!"

野马却是一撩蹄子,说道:"你们不应该谢我,要感谢该谢的!我走了,各位朋友保重!"

圆圆看着小猴,真诚地说道:"小猴,你们还真厉害,这么快就弄了一条这么长、又这么结实的藤条。这次要不是你们一家,我们怕是都上不来了!谢谢你们!"

圆圆这么一说,猴子一家脸上有些尴尬。老鹰急急地说道:"前面有一片竹林,团团你们不饿吗?"

老鹰这么一说,团团心里的那点疑虑顿时不见了,跟着老鹰和小燕子往竹林奔去。

第二十六章节　过草地

团团和圆圆满足地吃着竹子,望着小竹林外的草地,远处的四姑娘山举目可见,可是这片草地太辽阔了,足够它们走上一天。山洞虽然只是一上午的时间,但是由于一直处于高度紧张中,这怕是一时半会儿缓不气过来哦。

圆圆问团团,"哥哥,咱们今天就在这里歇了吧!明天再继续走,争取一天穿过去!"

团团很是担心地说道:"我也是这么想的。可是妈妈说过,这草地没有表面上那么平静,弄得不好,我们就会陷入沼泽地!"

老鹰在一边听见了,说道:"没事,我这就去侦查一下,明天有我带路,一定不会让你们身陷沼泽!"老鹰这样说着飞了出去。小燕子也跟着飞了出去。

老鹰和小燕子直到天快黑了才飞回来。小燕子没有说话,老鹰胸有成竹地说道:"今天我看见有别的动物走过去了,你们明天就沿着被它们压倒的草走,一定不会有问题!"

团团和大家看老鹰说得这么胸有成竹,也就信了它。

老鹰和小燕子落在一根高高的树杈上。小燕子说道:"我们这样不告诉它们实情,你觉得好吗?"

老鹰立刻点头。"你知道我们鹰小的时候是怎么飞出第一步的吗？是被我们的妈妈扔出来的！孩子不锻炼是不会成长的！我相信它们的话是对的，尽管这样有些残忍！"

草原上的天气很是多变，夜里突然下起了大雨，不过一会儿就停了下来。天明时，动物们吃饱喝足便开始上路了。

冬天的草原气候有些干燥，不过昨天那场大雨正好缓解了气候的干燥。冬天毕竟还是有些冬天的气势，一踏入草地，大家都觉得有些寒气逼人，可通往那座白雪覆盖着的四姑娘山，这片草地是必经之路。

小燕子已经有些忍受不了气候的寒冷，飞不高了。老鹰有些着急，觉得团团它们和小燕子相比，小燕子应该更需要它的照顾。这草原上的天，若是晴天还能好点，就像是昨天下午，尽管有些冷，但是小燕子的翅膀还能张开。

老鹰围着团团转着，指示着它们要走的路线。团团也明白老鹰的焦虑，快靠近四姑娘山了，气温下降了很多，现在路线已经明了，就对老鹰说道："鹰大哥，这里气温很低，不如你和小燕子绕道先飞去卧龙吧！"

小燕子怎么会抛下大家，立刻挣扎着说道："我要跟着大家！"

"小燕子，你是候鸟，按说你现在应该和你的伙伴们在南方。你为了我们，跟着我们来了西南，既然大家都是好朋友，你认可我们，我们也认可你，你就和鹰大哥选择一条适合你们的路，先飞去卧龙吧！"圆圆真诚地看着小燕子说道。

团团从来不知道自己的妹妹口才这么好，心里对妹妹越发赞赏了。"鹰大哥，小燕子，我妹妹的话很在理，你们就选择一条适合你们的路先飞回卧龙吧！你们看那山洞，没有你们的陪伴，我们不是也走过来了吗？何况这片草地看起来也不远了，我们用不了多久就过去了！"

老鹰带着小燕子再次飞走了。大家沿着老鹰说的、好似被别的动物故意压倒的草地往前走去。

瘸腿狼带着它的狼群一次一次被熊猫吓破了胆，好不容易才找到这样一片肥沃的草地，最主要是这片草地还和山相连，进可攻，退可守。这里的动物真的很多，它们自从到了这里后，就没有被饿到过。

看天气，一场大雪怕是要到来了，瘸腿狼担心大雪覆盖了草地，那些不冬眠的小动物在这一片找不到吃的，就不来了。尽管没有阳光的草地有些寒风刺骨，可是瘸腿狼还是带着它的兄弟们，从它们冬天栖身的山洞里走了出来。

瘸腿狼一瘸一瘸的在草原上奔跑着，速度却是一点都不比别的狼慢，如若不然，它怎么能坐稳它头狼的位置呢？

一只狼慌慌张张的直奔瘸腿狼而来，"老大，老大！前面来了一群动物!"

瘸腿狼正为都这个点了还没找到一个像样的猎物头疼呢,这一听报信狼的话,立刻身子板都挺了起来,"有大群的动物是好事啊!你慌个啥啊?"

"老大,老大,它们里面还有两只大熊猫!"报信狼终于把自己要说的重点说出来了。

瘸腿狼一听二话不说,转身就往它们来的路跑,可是没跑几步,又停了下来了,"你把话给我说清楚,几只熊猫?是大是小?"

报信狼一看见熊猫就慌了,也没有看清楚,只知道是两只熊猫。"我,我,我没有看清楚,只看清楚有两只熊猫、三只猴子、一只鹿,还有一只狐狸!"

瘸腿狼一屁股坐在地上,用以掩盖因为恐惧而带来的心慌。好一会儿才问道:"什么?你再说一遍,它们是什么组合?"

报信狼又把原话再复述了一遍,瘸腿狼已经没有最初听到熊猫二字那么兴奋了。它觉得,这不可能就是它们前两次遇见的那些熊猫吧。如今,它们已经离开原来的地方,不说是十万八千里,但也差不多了吧。世上哪有这么巧的事?这大雪就要覆盖草原了,它们必须有充足的食物储备,才能度过这个冬天。这么前思后想之后,瘸腿狼打算亲自过去看看。

昨夜一场雨虽说不大，但是有了雨水滋润，已不再是葱绿的草儿们，昨天被碾压过的似乎都站了起来。团团它们往前走着，里面越来越少有被碾压的草，草地这就过了一大半了，四姑娘山也越来越近了。团团和圆圆正低头仔细查找被碾压过的草的痕迹时，圆圆先听见了动静，团团也听见了，狐狸和小鹿就更不用说了。就连小猴也停止了疯闹，安静地待在猴爸爸的脊背上。

瘸腿狼没想到这两只小熊猫耳朵是这么灵敏，它原本还想再暗中观察一下，但是如今已经被发现了，它不再犹豫，猛地一下，跳到离它最近的圆圆面前。

圆圆惊得一下又用大爪子捂住了脸，拱起了脊背。一会儿功夫，狼群已经将两只熊猫分割包围起来，却没有去管猴子、狐狸和小鹿它们，这个情形还真是有些出乎意料。

团团镇定地面对注视着它的狼群，经历了两次和豹子的厮杀，团团已具备了成年熊猫应战的能力。侧脸看见妹妹又习惯性地捂住了脸，立时喊道："圆圆拿出你的勇气，前面就是四姑娘山，那些美丽的姑娘会保佑我们的！"

哥哥提到四姑娘山，圆圆想到了哥哥腰上洛桑姑娘的鞭子。立即放下了前爪，做好了随时出击的准备，一低头，圆圆看见了狼牙。它把狼牙摘了下来，在瘸腿狼面前一晃。"瘸腿狼，你看看这是啥？"

一颗狼牙突然出现在瘸腿狼的面前，着实吓了它一跳。它猛地往后退了几步，因为它看见那颗狼牙竟然是被一条红绳子给拴着的。"你，你，你哪弄来的？"

圆圆一看这狼牙还真的吓退了这只瘸腿狼，心头一阵狂喜。这一喜就让它放松了警惕。

围着团团的狼见它们的头狼突然后退，不明情况，于是也跟着往后退了几步。眨眼功夫，团团就到了圆圆的身后，两只熊猫背靠背站在一起，准备迎敌。

瘸腿狼计划得好好的。原本打算分割攻击，这下计划全打乱了。看着那些狼还在远处站着，气急败坏地骂道："都傻站着干什么？还不都给我滚过来！"

那边的群狼被瘸腿狼这一骂，呼啦一下，都围了过来。团团和圆圆被它们死死地围在里面。

团团看见不远处被吓得一动不动的狐狸它们，急了，大声喊道："猴大叔，你们这会儿还不跑，要等到什么时候啊？"

小猴心里很害怕，可是真让它撇下朋友独自逃生，那是绝对不行的。小猴喊道："爸爸，咱们不能撇下团团和圆圆！"

瘸腿狼不理会它们的对话，它心里已经有谱，只要它们全力以赴，以最快的速度拿下这两只肥肥的大熊猫，相信那些家伙也跑不出草原，终究还是要成为它们的猎物。

团团见猴爸爸还在犹豫，立时又喊道："快走，没有了你们的拖累，我们才能更好地迎敌！"

狐狸早就急了，要不是小鹿不走，它早就撒丫子跑了。这会听了熊猫的话，立即说道："猴大叔，咱们还是赶快先离开这里，等那群狼回过神来对付我们，我们真的会拖累它们兄妹两的！"

小猴伸出小爪子给了狐狸脸上很不客气的一爪子。"你这个胆小鬼！你要走你就走！不要让我们做不仁不义的猴子！"

狐狸被抓了一下，很是恼火，真想一掉头就跑。可是在这茫茫草原，它实在是害怕独自去面对那些未知的危险。狐狸焦急地看了一眼小鹿，就一会儿功夫，几只狼已经在往它们这边移动了。"小鹿，你知道我不是那胆小的鼠辈，你们大家就听我一回吧！"

小猴还要哇哇，被猴爸爸一爪子拍晕，猴爸爸背上小猴，拽着有些恐惧的猴妈妈往前迅速逃去。小鹿看见狐狸要往前跑，喊道："还不上来？"

狐狸连忙跳了上去，抱紧了小鹿的脖子。小鹿追着猴子一家奔去。

这几只狼正是瘸腿狼授意它们来围攻的，它觉得声东击西也是不错的办法。见猴子一家和小鹿一眨眼就跑出去老远了,瘸腿狼在心里骂道:真是一群笨蛋。骂过之后,又把注意力转回到眼前的熊猫。

圆圆这会儿有哥哥在身边,底气也足了。"你这瘸子,要是再不带着你的狼群给我滚开,相不相信本熊猫会弄一串你们的狼牙,穿起来做链子!"

"好,妹妹你这句话说得好,咱们就弄上它一串狼牙链子!"团团应着妹妹的话,怎么看,都觉得眼前这只瘸腿并且还少了一只眼睛的狼有些面熟。熊猫虽然看不清远处的东西,但是只要是在近处,就算是在黑夜里,它们也能看清楚的。团团脑海中立刻闪现出那夜在树下,自己被狼群围住时的那只被老鹰啄瞎眼的瘸腿狼。

围着两只熊猫的群狼,听了两只熊猫的话,立时都闭住嘴,不再仰天嚎叫了,它们谁都怕牙齿被拔。何况那只熊猫爪子里,真的有一颗白晃晃的狼牙呢。

群狼不再嚎叫,顿时一片死寂。团团这时候突然打破了这片死寂。"瘸子,我是说怎么看着你这么面熟呢,你还记得你那只眼睛是怎么瞎的吗?"

团团的话,让瘸腿狼眼里露出了惊惧。天啊,天啊,这些熊猫和那两只叫盼盼娇娇的熊猫还真是一家啊!"你,你,你不会就是那天那只上了树的熊猫吧？"瘸腿狼还想最后确认一下。

"正是！不过今天怕是不会只要你右眼，而是会要了你的命哦！"团团鄙夷地看着瘸腿狼，很有气势地说道。

团团提到了瘸腿狼的右眼，成功地激起它复仇的怒火。那两只大熊猫，它确定它们不在这周围，就面前这两个家伙，它也还是不放在眼里。瘸腿狼眯缝着右眼，朝天一叫，自己往后一退，狼群立刻就扑了上去。团团一伸大爪子，一只扑上来的狼的腹部就被它爪子直接抓穿落地。背后的圆圆也是积极迎敌，一只只扑上来的狼都被兄妹俩撕碎在地。不一会儿，它们周围都是鲜血淋淋的狼尸，可后面的狼却还是没有要退却的意思。它们踩着地下自己同类的尸体，继续凶猛的往前扑。

瘸腿狼远远地站着，想等战到最后，两只熊猫没有力气了，它再出击。对于那些死去的同类,瘸腿狼是半点同情心都没有。见有的狼畏惧熊猫的勇猛，竟然往后退，瘸腿狼毫不犹豫出击，给原本就已经毫无抵抗力的狼的喉咙上致命一击。心想：没有我的命令，你竟敢后退，这就是逃兵的下场。

瘸腿狼疯狂的样子，让那些害怕的狼不敢再退。退也是死，攻也是死，还不如拼个活命的机会。

狼们在瘸腿狼的威逼下，更加凶狠勇猛起来。一只狼咬住了圆圆的右上臂,又有一只咬住了它的右臂,眼看着圆圆就要体力不支,倒在血泊之中了,团团原本不想在四姑娘山下拿出鞭子,想靠它们自己的力量战胜狼群。可这会儿眼见自己妹妹就要葬于狼口,千钧一发之际,它解开腰间的鞭子,还没明白怎么回事,瘸腿狼就被团团一鞭子打了出去,倒在血泊中,临死还睁着惊恐的眼睛望着它。

头狼一死,狼群一时没有主心骨,团团几鞭子下去,狼群倒了一地,剩余的狼群顿时四散逃走了。不一会儿,就只剩下坐在地上,背靠着背喘息着的熊猫兄妹了。

一场大战,引来了很多窃取尸体的飞禽走兽。团团一拉圆圆说道:"咱们去找找猴子一家和小鹿它们吧!我担心在这没有树,没有掩体的草原,它们能否躲过狼的追踪。"

圆圆原本想再坐一会儿,好好休息一下,可看着天上飞的,地下跑的都在围着这堆狼的尸体,跃跃欲试!圆圆心里有些害怕,加之团团的话也让它担心起狐狸它们的安危了。

逃跑中猴妈妈误入沼泽地,猴爸爸不但没有把猴妈妈拉起来,自己也陷进去了,小猴怎么可能看着自己的父母慢慢的沉没下去呢?它想过去帮助它们,可也陷了进去。小鹿急了往前奔了几步,想救猴子一家,结果四蹄也陷了进去,小鹿拼命地想挣脱出去,可是却越陷越深。没来得及从小鹿背上跳下来的狐狸,看着干着急,没有办法,只得喊道:"大家都不要动了,你们没发现,你们越挣扎下陷得越快吗?"

猴子一家和小鹿停止了挣扎,可是身子还是在一点一点慢慢往下沉。追上来的狼群看着这一幕,都不敢上前,只是围着它们看,看它们有没有哪个能侥幸地爬上来。

幸亏这些锲而不舍的狼群,团团和圆圆才很快地找到了它们。团团和圆圆打跑了围观的狼群,看见猴子一家就剩下头在外面了,小鹿身子还露着一点,上面还趴着等死的狐狸。外围的动静早就惊动了沼泽地里的动物们了,它们眼里都有了希望的火苗。

狐狸一看见团团就喊道:"团团救我,团团救我,我不想死在这里!"

团团奔过来就听见狐狸的这句话,看着小伙伴就快要沉没,它伸出爪子就要去拉离它最近的猴爸爸,但脚下一软,身子迅速往下沉。圆圆一见也是急了,伸出爪子去拽自己的哥哥,结果哥哥没被拽出来,自己也被带了进去。

小鹿的身子已经全部进了沼泽地,狐狸一看唯一能救它们的两只大熊猫也陷了进来。仰头大叫:"看来老天是要我们大家一起留在这沼泽里了!"

第二十七章节　大团圆

"团团快把你手里的鞭子扔出来，快点！"一个熟悉的声音突然从它们的头顶传来，熊猫妈妈和狗熊出现在它们的视线里。大家都不敢相信自己的眼睛，愣愣地看着焦急地站在远处的熊猫妈妈和狗熊。

狗熊一见大家都傻了，立刻吼道："团团，没听见你们妈妈的话？赶快把鞭子扔过来，要不，真的来不及了！"

狗熊的吼声惊醒了大家。圆圆确定真的是妈妈回来了，激动地喊道："妈妈！妈妈！狗熊大哥！"

团团迅速把鞭子扔了出去，娇娇接过鞭子，却把鞭子的一头扔向团团，喊道："团团你扯着鞭子，我们拉你上来！"

"不，妈妈还是先救它们吧！"团团喊道。

娇娇听了两眼闪动着泪花："孩子，妈妈这不是自私，而是你们兄妹俩体型庞大，太重了，不把你们先拉出来，就会加速沉没！"

"那就先拉妹妹上去！"团团把鞭子递给了圆圆，圆圆却是说什么都不肯，最后团团只得说："圆圆，我是哥哥，你不是说以后都要听我的话吗？妈妈它们回来了，大家都会有有救的！"

圆圆眼里蒙着泪水抓住了鞭子的头，娇娇和狗熊使出全身力气，圆圆很快就被拉了上去。然后是团团，紧接着是小猴一家，轮到小狐狸的时候，小狐狸担心小鹿咬不住鞭子，很是焦急，团团在外喊着："你把鞭子拴在小鹿脖子上！我们把你们一起拉上来！"

狐狸立时回道："那样小鹿就是被拉上去也会没气的！"

大家急得没有办法，由于重量级的动物们都被拉上来了，小鹿它们体积小，几乎不再下沉。小鹿很感激狐狸没有弃它而去。"狐狸，我怕是无法走出这沼泽地了，你就不要管我了，赶快上岸吧！"

"胡说啥呢？这一路走来，我们相依为命，你帮了我那么多，我说什么也不会丢下你的！"在这生死关头，狐狸的这句话充满了真情实意。

小鹿不再说话。岸上的动物们愁眉不展，就连母子重逢的喜悦也被冲淡了。小猴突然跳了出来，"我们可以把鞭子缠在小鹿身上，把它们一起拉出来！"

大家眼前一亮，可是一看鞭子又觉得不够长，又都有些丧气。圆圆一抓身边的草，喊道："我们可以接啊，把鞭子接长！"

熊猫妈妈看着圆圆露出赞许的目光，小猴一家最心灵手巧，加之猴爸爸又和人类生活过一阵子，这用蓑草捻成绳子的任务就交给了猴子一家，其它的动物都去拔蓑草。

绳子接得差不多够长了，猴爸爸把绳子和鞭子接在一起，熊猫妈妈把绳子扔给了小狐狸,喊道:"你把这绳子围着小鹿身子系上。记住系紧了,我们把你们一起拉上来!"

狐狸和小鹿脱险了。上来后,知道这个主意是圆圆想到的,狐狸跳起来一把抱住了圆圆的脖子。"谢谢你了,圆圆,谢谢你救了我和小鹿!"

有娇娇和狗熊带路,大家很快就到了四姑娘山的山脚下。娇娇对大家说道:"我和狗熊大哥早你们一步到的这里。前面的路我们已经看过了,两条路都可以到达卧龙,一条是沿着公路上面的山坡前行,有点绕,但是路上相对安全,路也好走。还有,人类似乎已经知道我们是从哪里来,要到哪里去。路上到处都是你们几个的画像和箭头,你们再也不用担心会有人来伤害你们了!如果你们胆子够大,敢下到路上,相信一定会有车辆愿意送你们去卧龙。还有一条就是眼前这座山,翻过这座山就到卧龙了。我们大家就在这里分手吧,我和狗熊大哥已经说好了,由它护送你们沿公路一线去卧龙,而我带着我的孩子去翻越这座四姑娘山!"

团团圆圆对于妈妈的提议都没有异议,这原本也是它们的心愿。动物们在山脚下分别了,分两路前往卧龙。

团团这才有机会问妈妈,它们被大水带走后的事。娇娇带着孩子边往山上爬边说道:"前面有一片不错的竹林,还有清泉，等我们吃饱喝足了，我再慢慢给你们讲！"

圆圆看见水了，一下就扑了过去暴饮起来。团团也顾不上什么形象，学着妹妹趴下饮水。娇娇在一边喝了一阵子后，见自己两个孩子的头还埋在水里，便提醒道："不要喝那么多水，我们还是多吃点竹子，这样我们才有体力翻越前面的山！"

母子三人坐在竹林里吃着竹子，圆圆喊道："妈妈，妈妈，现在该讲讲你们的事了吧？"

娇娇点了点头，当日它和狗熊被大水带走，还好在水里翻滚的时候，狗熊一直紧紧地抓住它的爪子，狗熊无意间抓住了岸边的一棵树，也用力把熊猫妈妈拉了过来。它们一起爬上了树，在树上这一待就是几天，等着下面的水流小了，它们才游上岸。它们知道，再回去找伙伴们是不可能了，于是它们就继续往前走，知道反正在四姑娘山下，它们一定会和大家碰头的。

那日老鹰它们先飞到草地，老鹰先看见熊猫妈妈和狗熊，然后把它们带到了豹子描绘的出口，当然也还是费了些功夫。熊猫猫妈妈看见出口，竟然离下面还有一段距离，就用藤条拧了一根绳子，在上面等着大家到来。小猴第一个爬出洞来，看见熊猫妈妈和狗熊很激动。熊猫妈妈却嘱咐它，不要把看见它们的事告诉自己的孩子。虽然在小猴嘴里，已经知道团团圆圆这些日子所经历的事，但是熊猫妈妈还是想再锻炼一下自己的孩子。等猴爸爸猴妈妈上来后，它和狗熊留下一匹被它们救过的野马，来帮助它的孩子们，它们就离开了。

狗熊和娇娇先一步到了草地，它们就到前面去探路。还奋力碾压它们走过的草，但没想到团团它们会遭遇狼群，要不是娇娇算着时间，它们早该到了却迟迟不见。熊猫妈妈它们便回去找它们，不然它们就真的要留在草地了。

兄妹俩听完妈妈的话，看着自己的母亲，满是敬意。团团问道："妈妈，你如果是想锻炼我们，机会多的是，为什么非要选这段艰难的路呢？"

娇娇把手里的竹子放下，看着两个历尽艰辛才来到这里的孩子，说道："锻炼你们是一个方面，另一个方面我是想让你们完成你爸爸的心愿：将这条鞭子还给洛桑姑娘！"

站在雪山之巅，母子三人却不觉得寒冷。对着大山，团团双手将鞭子举过头顶，喊道："洛桑姑娘，谢谢您了！我们如今就要到卧龙了，现在我们该把这鞭子还给您了！"说完，团团一使劲儿，把鞭子扔向了大山，鞭子瞬间不见了。

随着鞭子的飞出，群山传来了一个优美的女子回声："欢迎你们回来！"

熊猫一家脸上都露出欣喜的笑容，团团和圆圆对着大山再次喊道:"谢谢您,洛桑姑娘!"

下山比上山要快得多,母子三人卷成一团往下滚。到了这头的山脚下,熊猫妈妈指着前方喊道:"快看前面就是卧龙自然保护区的区域了,只要我们走进那里,就再也不用担心自己的生命安全了!"

在卧龙自然保护区,团团和圆圆迎来了它们的小伙伴。

春暖花开,小燕子梳理着翅膀,打算飞回它们的出发地。小燕子也很想念它的家人。冬天的西南虽然比北方好,但还是不能和真正的南方相比。要不是有老鹰温暖的照顾,小燕子想自己一定是过不了这个冬天的。老鹰如今在这里已经找到了它的同类,它也该离开了。

狐狸还想和小鹿腻在一起,可是却忍受不了动物们歧视的眼光,最后只得回归狐狸群。但它还是时时想念小鹿,还偷偷回来看小鹿。如今的小鹿已经不再是那只小鹿了,身体长大了一倍,也有了自己的同伴。

团团一家就更不用说,团团和圆圆都离开了它们的妈妈,各自开始在森林里自由自在的生活。狗熊依旧是孤孤单单一个,和熊猫妈妈一样。

小燕子告别大家往北飞,到了以前的生活地,突然看见了熊猫爸爸盼盼。小燕子立刻落在了孤独悲伤的盼盼面前,激动地叫着:"盼盼,盼盼,你还好吗?"

盼盼见到小燕子也很激动。"小燕子你飞回来了啊!前日我还问你的家人有没有看到你呢!"

"啊,它们都回来了啊!我真的很想念它们呢!"小燕子很想立刻就去找它的同类,可是还有一些话没有说完,这些话它是必须要告诉盼盼的。"盼盼,那日枪响后,娇娇以为你没了,就带着大家离开了这里。你可以告诉我那天到底出了什么事吗?"

盼盼得到家人的消息,激动得站立起来。"小燕子,你快告诉我,它们现在在哪里?"

"大家都在卧龙呢!那里真像你说的,是动物们的福地乐园啊!"说到卧龙,小燕子心情也是格外的激动。

"太好了!我这就出发去找它们!"盼盼立即就要出发,小燕子很想知道盼盼是怎么活下来的。因为老鹰曾说过:它亲眼看见盼盼当时是倒在了血泊中。

"盼盼,你还没有告诉我,那天到底发生了什么事?"

知道自己家人的下落,盼盼心情一好,脸上的笑容就多了起来。"那天一只野猪被猎人追得狂跑,慌不择路,撞在了我的肚皮上,它那尖利的牙齿刺破了我的腹部,我被它撞翻在地。后面的猎人赶来给了野猪一枪,然后又喊人把我送进了动物医院。等我伤好后，它们就把我放回了大山，可是我寻遍了所有的地方，也没有找到娇娇它们。还好，你今天告诉了我它们的消息，我就不在这里瞎等了！小燕子我这就出发去卧龙了，有缘咱们在卧龙见啊！"

4月，团团和圆圆各自有了伴侣。5个月后，它们各自又都有了自己的宝宝。它们孩子的名字，是它们的饲养员给起的。一切似乎都是老天安排的。团团的孩子是哥哥，却继承了圆圆的名字，叫圆圆；圆圆的孩子是妹妹，却继承了团团的名字，叫团团。如今两个小熊猫和它们的妈妈都被饲养员圈在了一个栅栏内。

盼盼走了很多冤枉路，还好在金秋10月的黄金时节到了卧龙。心里越是想尽快找到自己的家人，却是越找不到。娇娇得了两个熊猫孙子，却不能亲近，总是围着那栅栏转，直到看见被圆圆叼着出来的一月大的小熊猫和团团的后代，它才安心地离开了。回驻地的路上，碰巧遇见了离散好久的盼盼，再后来它们又有了自己的孩子。

竹叶岛森林里，这一年来争斗不断。某一日岛上的老鹰突然撤走了。豹子孤掌难鸣，争斗也就停了下来。一日岛上居住的一个孩子误入豹子的领地，在生命受到威胁的时候，被盼盼的妈妈遇见，盼盼妈妈从豹子的口中救下了小孩，它却倒在了血泊中。豹子也受了伤，但它还是不肯放弃眼前的孩子。出来寻找盼盼妈妈的盼盼爸爸，看见倒在血泊中的怀有身孕的妻子，愤怒地和豹子展开猛烈的撕咬，最后双双倒在血泊中。

那个得救的孩子回到家，把在森林被熊猫所救的事告诉了家人。他家人把这件事传播开去，它们找到了两只熊猫的遗体，厚葬了它们，并在岛的中心自发为两只熊猫建了雕像。整个岛上的居民一下沸腾了，它们祖祖辈辈在岛上居住了这么多年，竟然是第一次听说岛上有熊猫。还听说熊猫是为了救他们的孩子而死的，这大大地激发了民众对熊猫的热爱之情。它们选出代表，带着两只熊猫的雕像，漂洋过海，不远万里，前往四川卧龙，打算去迎一对熊猫回来。

团团和圆圆的两个孩子年龄正好相当，再加上它们的名字，团团圆圆寓意也好，于是被选送到竹叶岛去暂住几个月。盼盼得知这个消息，激动不已。可是当它看见竹叶岛的人送来的两只熊猫雕像后，知道自己的父母已经不在这个世界上了，很是伤心难过。但是，它相信，即便是身埋在遥远的它乡，只要有一颗思乡心，魂也是会回归故里。

轮船上，熊猫团团、圆圆承载着大家的希望，踏上了前往竹叶岛的友谊征程。